きみの声を聞かせて

小手鞠るい

偕成社

きみの声を聞かせて

きみの声を聞かせて　もくじ

冬のあらし

そして、新しい春の予感

カバー写真……………鶴巻育子
扉写真………………グレン・サリバン
ブックデザイン……矢野のり子（島津デザイン事務所）

春のかなしみ

1　一枚の木の葉

「春は残酷《ざんこく》な季節だ」と言ったのは、だれだったのだろう。

いつ、どこで、聞いたのか、それとも、本か何かで読んだのか、まったく思い出せないけれど、はじめてこのことばにふれたとき、意味がわからない、と思ったことだけはよく覚えている。

なぜ、春が残酷なのか。

寒かった冬がやっと終わって、空気も風も陽《ひ》ざしもだんだんあたたかくなってきて、木の枝《えだ》からは赤い新芽が飛びだし、野原にはたんぽぽやすみれが顔をのぞかせ、花壇《かだん》にはクロッカスやすいせんやヒヤシンスの頭が突《つ》きだしている。桜《さくら》のつぼみもどんどんふくらんでいって、そこらじゅうに明るい色とみずみずしいかおりのあふれている季節。

新しい教科書とまっ白なノートをかばんにつめこんで、気持ちも足どりも軽くなって、新しいことが始められそうで、始まりそうで、うきうきしながらハミングしながら学校へむかう。

新しい学年、新しい教室、新しいクラスメイト。

通学路には小鳥たちが飛びかい、春の歌をうたい、どこからともなくかえるの鳴き声も聞こえてきて、菜の花畑では蝶《ちょう》が舞《ま》い、黄色い花の妖精《ようせい》たちがそよ風とたわむれている。

美しい春。楽しい春。心はずむ春。

そんな春が、どうして、残酷《ざんこく》な季節なのか。

わたしには、わからなかった。

でも今はわかる。

わかりすぎるくらい、わかる。

わかりたくもないのに、わかってしまう。


「さ、用意はいいですか。では、始めます。私の質問《しつもん》に対して、あなたの答えが『はい』だったら、『はい』のカードを、『いいえ』だったら『いいえ』のカードを持ちあげて、私に見せてくださいね。でも、答えがそのどちらでもなかったら、そこに置いてある白紙のカードに書くか、もしも発言できそうだったら、してみましょう。いいですね？」

わたしはだまって、右手の近くにある「はい」のカードを手に取り、左手をそえて、目の前にすわっている女の人に見せる。

「人」じゃなくて「先生」というのが正しい。白衣を着ている。ものすごい美人だ。めがねをかけている。長い髪《かみ》の毛をひとつにまとめてお団子にしている。左手の薬指に、指輪がはまっている。ネックレスはしていない。耳のピアスがときどき「きらっ」と光る。そのたびに、わたしの心臓《しんぞう》はドキッとする。

心理学者だったか、精神科医《せいしんかい》だったか、忘《わす》れてしまった。おかあさんが見つけてきた先生で、わたしはこの先生から、カウンセリングだったか、治療《ちりょう》だったか――たぶんその両方なんだと思う――を受けている。

毎週土曜日の午後、二時から三時半まで、一時間半。白くて細長いビルの二階にあるこの部屋で。

きょうはその、二回目だったか、三回目だったか。

「ひとつ目の質問《しつもん》です。あなたは道を歩いているとき、白いつえをついて歩いている、目の見えない人を見かけました。どうやらその人は、おさいふを落としてしまって、たいへんこまっているようです。いっしょにさがしてあげたいと思いますが、あなたは友だちと約束をしていて、その時間におくれそうになっています。それでもあなたは、おさいふをさがしてあげますか？」

そんなの、当たり前じゃない？　と、わたしは思っている。うんざりする。

わたしは小学生じゃない。わたしは中学二年生。十三歳《さい》だよ。からだの半分は、まだ子どもかもしれないけれど、心の半分は、大人だよ。

そんなことを思いながら、わたしは素直《すなお》に、じゃなくて、素直そうに「はい」のカードを取りあげて、先生に見せる。

先生はうなずく。

「わかりました。じゃあ、二つ目です。おさいふはすぐに見つかりました。あなたはおさいふを拾って、目の見えない人の手に渡《わた》そうとしました。ところが、そのときとつぜん、うしろから走ってきた人にドカンとぶつかられて、あなたはおさいふをまた、落っことしてしまいました。あわてて拾おうとしたのですが、なんと、走ってきたその人は、あなたよりも先におさいふを拾って、そして、そのまま走って逃《に》げていこうとしています。どろぼうです。あなたはその人を追いかけますか？」

どうしよう？

どう答えよう？

「はい」と「いいえ」のカードをかわるがわる見ながら、ちょっとだけ、考えこんでしまう。

追いかけるかなぁ……。

わたしの足はそんなに速くはないし、それに、おさいふを拾って逃げていこうとしている人が、どんな人かによっても、答えはちがってくる。だって、その人がなんだかこわそうな人だったら、追いかけては行かないだろうし、でも「どろぼう！」って、さけんだりはするかも……そうすると、そのへんにいる人が、かわりに追いかけてくれたりするのかも……。

そこで考えるのをやめて、わたしは「いいえ」のカードを取りあげる。答えは「はい」でも「いいえ」でもないと思ったものの、とりあえず、なんでもいいから答えておこうと思った。

「わかりました。三つ目の質問《しつもん》。あなたは、追いかけるかわりに、何かほかのことをしますか？」

カードは「はい」。

「そうよね、だって、あなたが何もしなかったら、目の見えない人は、ますますこまってしまうものね。あなたはその人のために、どうしてあげますか？　何をしてあげますか？　あなたのできることは、どんなこと？」

予想していたとおりの質問だった。

先生はきっと、わたしがついさっき、頭のなかでぐるぐる考えていたことを口に出して、ことばにして、言わせたいと望んでいる。その証拠《しょうこ》に、さっきから耳のピアスがきらり、きらり、と、光っている。まるで信号を発しているみたいだ。さあ、言いなさい、言ってごらんなさい、って。

わたしだって、そうしたい。

思っていることを全部、ことばにして、伝えたい。

でも、できない。どうしても、できない。声が出ない。声が死んでる。

声は出せないけれど、わたしは、わたしのことばを、失ってはいない。ことばは、この胸《むね》のなかにある。頭のなかにもある。心のなかにもある。落ち葉みたいに降《ふ》りつもっている。でも、わたしの声は出ない。わたしは声を失っている。

あきらめて、うなだれて、机《つくえ》の上のサインペンを手に取り、白い用紙に答えを書く。わたしの答えは、こうだ。

「声が出ません。『どろぼう!』って、大きな声でさけびたいけど、さけべません。

なぜならわたしの声は死んでいるから。先生には、そのことがわからないのですか？」

書きあげて、先生にカードをさしだす。

先生はカードを受けとると、しばらくのあいだ、だまってじっと見つめていた。

しずかな時間が流れた。

そんなに長い時間じゃない。でも、短くもない。

先生の背中《せなか》のむこうにある窓《まど》の、そのまたむこうに広がっている景色を、わたしはぼーっとながめていた。

通りをへだてて、小さな公園がある。公園では、おさない子どもたちが遊んでいる。ぶらんこ、ジャングルジム、砂場。ベンチには、子どもたちのおかあさんが何人か、腰《こし》かけている。子どもたちを見まもっている。

犬もいる。だれかが投げたボールを追いかけている。

花壇《かだん》には、赤いチューリップが咲《さ》きそろって、まるで、赤いぼうしをかぶった幼《よう》稚園児《ちえんじ》たちがぺちゃくちゃ、おしゃべりしているみたいに見える。公園を取りかこむようにして、木がたくさん、立っている。名前はわからない。その木の枝《えだ》に小鳥が巣をかけているのか、あちこちから小鳥が飛んできては、また去っていく。花を咲かせている木もある。

春だ。

窓《まど》の外には、春があふれている。笑顔《えがお》があふれている。楽しいこと、わくわくすること、新しいことがいっぱい。

春は残酷《ざんこく》な季節だと、そのときわたしは理解《りかい》した。

わたしは笑えない。笑い方を忘《わす》れてしまった。だれもわたしのことを理解してくれないし、理解しようともしてくれない。

わたしはひとりぼっちだ。

2　海を渡る風

いっぴきの　でんでんむしが　ありました。
ある　ひ　その　でんでんむしは　たいへんな　ことに　きが　つきました。
「わたしは　いままで　うっかりして　いたけれど、わたしの　せなかの　からの
なかには　かなしみが　いっぱい　つまって　いるでは　ないか」

車のなかで、日本語の童話を「読む」のが、ぼくは大好きだ。
読むということは、ぼくにとって「聞く」ということでもある。
今、母さんの運転する車のなかに流れているのは、新美南吉《にいみなんきち》という日本人童話作

家の書いた「でんでんむしの　かなしみ」という作品だ。

朗読《ろうどく》しているのは、ぼくの母さん。

母さんはボランティア活動として、日本語の童話を自分で朗読し、テープやCDに収《おさ》めて、全米の小・中学校や図書館や教会や、日本語教育に力を入れているさまざまな施設《しせつ》に送っている。

高校・大学時代、演劇部《えんげきぶ》に所属《しょぞく》していたという母さんは、すてきな声の持ち主だ。「声美人」と、父さんは自慢《じまん》している。ぼくもそう思う。「えっ、美人なのは、声だけ？」って、母さんはくちびるをとんがらせるけれど。

このかなしみは　どう　したら　よいでしょう。
でんでんむしは　おともだちの　でんでんむしの　ところに　やって　いきました。
「わたしは　もう　いきて　いられません」

と　その　でんでんむしは　おともだちに　いいました。

日本語の響《ひび》きは、ぼくにとって、音楽みたいなものだ。流れてゆく。雲のように、川のように、たえず形を変えながら。ジャズかもしれない。自由で、野放図《のほうず》なジャズ。

英語は森だ。木がたくさんはえている。種類も性格も、一本、一本、ちがう。それぞれの木は、根と、幹《みき》と、枝《えだ》と、無数の葉っぱから成りたっている。形もかおりも手ざわりも、一枚《まい》、一枚、ちがう。木には花も咲《さ》くし、実もなる。

ぼくの心の半分は、英語の森でできている。

残りの半分は、日本語で。

英語を森だとすれば、日本語は、風だと思う。風は木々をゆらし、枝と枝のあいだをくぐりぬけ、葉っぱをさわさわ鳴らす。今は春だから、小鳥たちが枝にかけた巣のなかで、たまごからかえったばかりのひな鳥たちのために、風は子守歌を奏《かな》でる。秋になると、風は落ち葉にダンスを踊《おど》らせる。日本語は、美しい。季節を連れてくる風のようなことばたち。

「わたしは　なんと　いう　ふしあわせな　ものでしょう。わたしの　せなかの
からの　なかには　かなしみが　いっぱい　つまって　いるのです」
と　はじめの　でんでんむしが　はなしました。

こうして、母さんの声に耳をかたむけていると、ぼくはいつも、ほおに当たる風を感じる。

春はやさしく、夏はすずしく、秋はあたたかく、冬は雪の使者をともなって、風はぼくの心の森を吹《ふ》きぬけてゆく。

するとおともだちの でんでんむしは いいました。

「あなたばかりでは ありません。わたしの せなかにも かなしみは いっぱいです。」

新美南吉《にいみなんきち》は、母さんが卒業した日本の大学とおなじ大学を卒業した人だという。

「といっても、私は四十年以上も後輩《こうはい》よ。新美南吉が亡《な》くなってから、十年ほどあとに、私は生まれたの。ちょうど、私が生まれたころから、彼の童話は日本人に読まれるようになってきたのよ」

「じゃあ、生きているときには?」

「あんまり読まれていなかったの」

「どうして?」

「さあ、どうしてかしら。きっと、日本が戦争をしていたからでしょうね。戦争中には、人々は美しいものや美しい心を忘《わす》れてしまうの。ううん、忘れる、というよりも、取りあげられてしまう、というのが正しいのかな。幸せや喜びを取りあげるだけじゃなくて、戦争はいろいろなものを殺してしまうの。人間だけじゃなくて、小さな生き物や草花や小鳥や、森や自然まで、破壊《はかい》してしまうのね」

それじゃ　しかたないと　おもって、はじめの　でんでんむしは、べつの　おともだちの　ところへ　いきました。

すると　その　おともだちも　いいました。

「あなたばかりじゃ　ありません。わたしの　せなかにも　かなしみは　いっぱいです」

そこで、はじめの　でんでんむしは　また　べつの　おともだちの　ところへいきました。

助手席にぼくを乗せた車のむかう先は、湖のほとりに立っている、リタイヤメントハウスだ。日本では「老人ホーム」とも呼《よ》ばれているらしい。

そこで、母さんとぼくは、朗読《ろうどく》ライブをしている。

ぼくの弾《ひ》くピアノに合わせて、母さんが英語の詩を読む。いや、逆《ぎゃく》かな。母さんの詩に合わせて、ぼくがピアノを弾く。これもボランティア活動。

ゆうべ、ふたりでリハーサルをした。

きょう、母さんが朗読するのは、T・S・エリオットの詩「荒地《あれち》」。

「四月は最も残酷《ざんこく》な月」という一行から始まる、とても長い詩だ。

アメリカのお年寄《としよ》りは、3B――バッハ、ベートーヴェン、ブラームス――が大好き。だから、ぼくが弾くのはブラームス。

聴衆《ちょうしゅう》の平均年齢《へいきんねんれい》は、八十二歳《さい》くらい。

とちゅうでこっくりこっくり、いねむりを始める人もいるし、立ちあがって、踊《おど》りはじめるご夫婦《ふうふ》もいる。

ぼくが調子に乗って、ジャズを弾《ひ》いたりすると、みんなからブーイングをされる。ジャズのことを「マクドナルドな音楽」なんて言う人もいる。アメリカのお年《とし》寄《よ》りにとって、音楽とは、クラシックを意味しているようだ。

ぼくは、この朗読《ろうどく》ライブがすごく気に入っている。

だれもが、ぼくのピアノと母さんの朗読を聞いて、喜んで、拍手《はくしゅ》をしてくれる。ハグもしてくれる。別れぎわには「また来てくれよ」「待ってるわ」って言ってくれる。これは、大きな喜びだ。いっしょうけんめいピアノを練習してきて、よかったなぁと、心から思える。

うららかな春の土曜の午後。

ぼくの心の空は、すみきっている。そこには、いろんな形をした雲が浮《う》かんでいる。くじらが潮《しお》を吹《ふ》いている。犬がボールを追いかけている。ねこはねずみを追いかけている。

窓《まど》の外にも、なかにも、春があふれている。陽《ひ》ざしがまぶしい。

ぼくの四月は、幸せな、おだやかな光に満ちている。

高速道路を走る車のスピードに乗って、美しい日本語の音楽――母さんの声――が流れる。小川のように、小川を流れてゆく一枚《まい》の木の葉のように、風のように、そよ風のように。

こうして、おともだちを　じゅんじゅんに　たずねて　いきましたが、どの　ともだちも　おなじ　ことを　いうので　ありました。

ぼくには兄弟はいない。姉妹《しまい》もいない。ひとりっ子だ。

しかし、でんでんむしとおなじように、たくさんの友だちがいる。

だから、生まれてからきょうまでずっと、自分が「ひとりぼっち」だと思ったことは、一度もない。

ひとりっ子のぼくは、実は「もらわれっ子」でもある。

アメリカでは、それほどめずらしい存在《そんざい》じゃない。友だちのなかにも何人か、もらわれっ子がいる。

ぼくの母さんは、ぼくを生んだ人じゃない。生んでくれたのは、母さんの妹だ。母さんの妹のことを、ぼくらは「ママ」と呼《よ》んでいる。

ママは、ぼくを生むのと入れかわりに、亡《な》くなってしまった。ママには夫はいなかった。母さんは父さんと相談して、ぼくを「養子」にしてくれた。

ぼくの父さんは、生まれも育ちもアメリカの、ジャパニーズ・アメリカン。英語も日本語もしっかりとできる。新美南吉《にいみなんきち》と母さんの卒業した大学で、父さんはその昔、英語を教えていた。

母さんは大学を卒業したあと、その大学の事務局《じむきょく》で仕事をしていた。ふたりは知りあって結婚し、しばらくのあいだ、日本で暮《く》らしていた。

やがて、父さんはアメリカの大学で教えることになって、ふたりはアメリカに引《ひ》っ越《こ》しをした。ニューヨーク州の北部にあるハイフォールズという——その名のとおり、町の中心には、観光名所にもなっている滝《たき》がある——町だ。村と呼んだほうがいいかもしれない。

それから何年かして、日本でぼくが生まれた。赤《あか》ん坊《ぼう》だったぼくは、ふたりといっしょに海を渡《わた》って、アメリカにやってきた。以来、ぼくたち三人は、ハイフォールズに住んでいる。

ぼくの名前は「海を渡る」と書いて「カイト」という。カイト・オオサキ。

大崎海渡《おおさきかいと》は今、ハイスクールの二年生。小学校からかぞえると、十年生、テンス・グレイドだ。今年の夏の誕生日《たんじょうび》がやってくれば、十六歳《さい》になる。シックスティーンだ。

学校のなかにも、外にも、世界中に、友だちがいる。

会ったこともないし、本当の名前を知らない人だっている。でも、友だちは、友だちだ。

会ったことがなくても、本当の名前を知らなくても、住んでいる国がちがっていても、話すことばがちがっていても、ぼくはその人と友だちになれる。

なぜなら、ぼくには「ピアノ」ということばがあるからだ。

ピアノのことばは、だれにでも理解《りかい》できる。翻訳《ほんやく》する必要もない。ピアノは偉大《いだい》な楽器だ。箱のなかには、魔法使《まほうつか》いがひとり、住んでいるのだと思う。

はじめてピアノにふれた日のことは、今でもよく覚えている。

ぼくの指が覚えている。ぼくの耳が覚えている。

おばあちゃん、つまり、父さんの母さんが亡《な》くなって、彼女《かのじょ》のだいじにしていたピアノがうちにやってきた日。

父さんは、三つか、四つだったぼくをひざの上にのせて『子犬のワルツ』――今にして思えば、けっこうへたくそだった――を弾《ひ》いたあと、「カイトも弾いてみるか」と言って、鍵盤《けんばん》にさわらせてくれた。

つるりとした鍵盤に、ぼくの指がふれた瞬間《しゅんかん》、新しい世界のとびらがポーンと開いた。

ポーン、ポーン、ポーン、ポポポポポーン……

音が飛びだしてくる。音がこぼれる。音がかさなる。音があふれる。音が音を追いかけている。

うわぁ、すごいなぁ、すごいなぁ……

夢中《むちゅう》になって、指で鍵盤《けんばん》を押《お》さえた。押さえたり、離《はな》したり、たたいたり、なでたり。押さえても、押さえても、いつまで押さえていても、あきなかった。こんなにもおもしろいおもちゃがあったなんて。

ぼくはその日、ぼくの指が音楽を生みだせることを知った。

新しい世界のとびらが開いた。

ぼくは知っている。

この世界には、いくつもの、かくされたとびらがあるってこと。

そのとびらは、人の目には見えない。すぐ目の前にとびらがあるのに、気づかないまま、その前を素通《すどお》りしていく人もいる。

とうとう　はじめの　でんでんむしは　きが　つきました。

「かなしみは　だれでも　もって　いるのだ。わたしばかりでは　ないのだ。わたしは　わたしの　かなしみを　こらえて　いかなきゃ　ならない」

そして、この　でんでんむしは　もう、なげくのを　やめたので　あります。


「でんでんむしくん、よかったね」

と、ぼくが言うのと、

「さあ、着いたわよ」

母さんがそう言ったのは、ほとんど同時だった。

ドアをあけて外に出たとたん、やわらかい毛布《もうふ》のような春の風に包まれた。

風には、甘《あま》い花のかおりが混《ま》じっていた。とほうもなく大きな手のひらで、頭とほおと背中《せなか》をなでられたみたいだった。

そのとき、でんでんむしの声が聞こえてきた。

「かなしみは、だれでももっているのだ。わたしばかりではないのだ」
もしも今、世界のどこかで、なんらかの理由で悲しんでいる人がいるとしたら、
ぼくはその人に教えてあげたいと思った。
だいじょうぶだよ。
心配しなくていいよ。
ぼくもでんでんむしだし、きみもでんでんむしなんだ。
きみにももうじき見つかるよ。
新しい世界のとびらと、そのとびらのむこうできみを待っている友だちが。

3　一枚の木の葉

玄関《げんかん》のドアをあけると、

「お帰り、どうだった?」

上がりかまちで出むかえてくれた、おかあさんに声をかけられた。

「だめだったの?」

キッチンにいたおねえちゃんからも、問いかけられた。

「……」

「そうか、きょうもだめだったか。でも、あきらめちゃだめだよ。少しずつがんばれば、しゃべれるようになるからね。あきらめちゃ、だめだよ」

と、おねえちゃん。

「そうよ、だいじょうぶよ、また来週、がんばればいいんだから」

と、おかあさん。

やさしいことばをかけられれば、かけられるほど、悲しくなる。

泣きたくなる。涙《なみだ》がこぼれそうになる。

なんて、なんて、情《なさ》けないんだろう、って思って。

ふたりの顔をなるべく見ないようにして、ろうかの突《つ》きあたりにある勉強部屋にかけこむ。逃《に》げこむ、というのが正しいかもしれない。

もぐらみたいだと思う。まちがって、うっかり外に顔を出してしまったもぐらが、あわてて穴《あな》のなかにもぐりこむようにして、わたしは自分の部屋に逃げこむと、ベッドの上にかばんをどさっとおろして、パソコンの前にすわる。

おねえちゃんが大学生になったときに新しいパソコンを買ってもらい、古いのをゆずってくれた。このパソコンの前にすわっているときだけが、わたしが「ひとりぼっちじゃない」と思える、唯一《ゆいいつ》の時間だ。

声が出なくなったのは、中一の二学期の終わりごろだった。

ある朝、起きたら、なぜか、声が出なくなっていた。まさに「声が死んだ」という感じだった。

家族もわたしも、最初は、風邪《かぜ》かなと思っていた。

風邪ではなかった。熱もなかったし、のども痛《いた》くなかった。いろんな病院へ行った。いろんな先生に診《み》てもらった。いやになるほどたくさん、検査《けんさ》を受けた。どこにも悪いところはないと言われた。電車を乗りついで、二時間以上もかけて、専門《せんもん》の大きな病院へも行った。何もわからなかった。わかったことは「原因不明の失語《しつご》症《しょう》」ということだけ。

わたしは失語症《しつごしょう》じゃない。ことばを失ってはいない。

「心の病気かもしれません。心が風邪《かぜ》を引いたのかもしれませんね。学校で、いじめにあったりしてませんか？　なにか悩《なや》みごとでも？」

そんなことを言った先生もいた。

ちがう。わたしはいじめられてもいないし、わたしの心は、病気じゃない。

でも、そのことをわかってくれる人は、いなかった。

友だちは一人、二人、三人、と、去っていった。

たぶん、わたしが何もしゃべらなくなったから、つまらなくなったのだろう。

最後まで友だちでいてくれた玲子《れいこ》が去っていったときには、この世界から消えてなくなりたいほど、つらかった。心がからだから蒸発《じょうはつ》したみたいになって、涙《なみだ》も出ないくらい悲しくて、何も考えられなくなった。

玲子とは、小学生のときからずっと、友だちだった。

わたしの苦手な算数の宿題を玲子《れいこ》はよく手伝ってくれて、玲子の苦手な国語の勉強をわたしは助けてあげた。家も近かったので、登校も下校もいっしょにしていたし、玲子の家の犬の散歩につきあうこともあった。家族には話せないようなことでも、玲子になら打ちあけることができた。

「中学生になっても高校生になっても、大人になっても、友だちでいようね」

「だって、わたしたち、本当の友だちだもの」

いつもふたりでそう言いあってきたし、約束なんてしなくても、きっとそうなれるって、わたしは信じていた。

本当の友だちっていうのは、人がこまっているときにこそ、そばにいて、味方になってくれる存在《そんざい》なんじゃないかなって思ってた。だけど、それは、ちがっていたみたいだ。

「きっとそのうち、またもとのように、しゃべれるようになるよ」

そう言って、はげましてくれたこともあったし、わたしが男子にからかわれていると、しゃべれないわたしのかわりに、男子を追っぱらってくれたりもしていた。でもそれも、めんどうになったのかもしれない。それとも、わたしのことを、きらいになってしまったのだろうか。

中一の三学期になったころから、玲子《れいこ》は、それまで玲子が「ちょっと苦手」と言っていたグループに入った。それからは、教室でわたしがこまっていても、グループの人たちとのおしゃべりに夢中《むちゅう》で、わたしなんて「どこにもいない」みたいな顔をされた。

「しゃべれなくなっても、友だちは友だち」

あのことばは、うそだったのだ。

本当の友だちは、うその友だちだった。そのことが、すごく、悲しかった。

今も悲しい。泣きたくても泣けないし、泣いても消えないような悲しみを、わたしはこの胸《むね》にかかえている。

パソコンを操作《そうさ》して、「ベストフレンド」のページを開く。

ツイッターに似《に》ているものの、ツイッターと大きくちがうのは、写真のかわりに、好きな音楽や音を送りあうようになっているところ。もちろん、コメントもそえることができる。コメントの字数制限《じすうせいげん》は、とくにない。

パスワードを打ちこむ。

わたしの名前とプロフィールが画面に出る。

わたしの名前は、星野葉香《ほしのようか》という。「ベストフレンド」のなかでは「一枚の木の葉」と名乗っている。

みんな、自分に、自分の好きな名前をつけている。

わたし自身は、音楽を送ったことは、まだ一度もない。

気に入っている「フレンド」のページにアクセスをして、その人のつくった音や演奏《えんそう》やお気に入りの音楽を聴《き》いて、感想のコメントを書いて送る。すると、その人から、返事が届《とど》く。わたしもまた、返事を書く。翻訳機能《ほんやくきのう》がついているから、世界中の人たちと友だちになれる。

顔を見たこともない、本当の名前も知らない人たちばかりだけれど、声の出なくなったわたしとも、なかよくつきあってくれる。

宿題もそっちのけにして、どれくらいの時間、パソコンの前にすわって、キーボードをパタパタ打っていただろう。

ふと気がついたら、あたりがうす暗くなってきていた。

キッチンのほうから、夕ごはんのにおいが流れてくる。どうやら今夜は、おとうさんの好きなシーフードカレーみたいだ。うちのカレーには、コロッケがついている。そのコロッケを揚《あ》げているらしい、油のにおいがする。

名前をよばれる前にキッチンへ顔を出して、サラダをつくったり、食器をならべたりするのを手伝おうと思った。

パソコンを消そうとした瞬間《しゅんかん》、ぱっと目に飛びこんできた文字があった。はじめて目にする名前だった。「海を渡る風」。

画面の右はしに、ときどき、そんなふうにして、だれかの名前がぽかっと浮《う》かんでくることがある。そこをクリックすれば、その人のページにたどりつける。新しい友だちと知りあえるチャンス。

海を渡る風――。

すてきな名前だなと思った。さわやかだ。いいかおりがする。心のなかに海が広がる。かもめのすがたも見える。

どんな音楽を聴《き》かせてくれるんだろう。どんな音を送ってきてくれるんだろう。

クリックすると、とびらのページには、こんな自己紹介《じこしょうかい》の文章がのっていた。

【日本生まれ、アメリカ育ち。ニューヨーク州在住《ざいじゅう》。バイリンガル。楽器ならなんでも。バンドもやってます。いちばん好きなのはピアノ。ひとりっ子で、もらわれっ子。ぼくの特技《とくぎ》は木の葉をゆらすこと、落ち葉にダンスをさせること】


音を流す前に、まずコメントを読んだ。

不思議なコメントだった。全部、ひらがなで書かれている。

楽器はピアノ。ピアノの独奏《どくそう》。「作曲＝本人」と記されている。

コメントも音楽も、不思議だった。どこがどう不思議なのか、うまくことばでは言いあらわせない。でも、とにかく、不思議。不思議だけど、とても美しい音楽。

そして、悲しい。悲しいのに美しくて、美しいのに悲しい。わたしのかかえている「悲しみ」が、そのまま音楽になっている、そんな気もした。

聴《き》いていると、心がふるえた。まるでわたしが一枚《まい》の木の葉になって、この人の弾《ひ》いているピアノの風にさそわれて、木からはらはら舞《ま》いおちていくような、そんな錯覚《さっかく》におちいった。

もしかしたら、この人には、わたしの胸《むね》のなかにある「かなしみ」が見えているの？　理解《りかい》できているの？　あなたもひとりぼっちで、わたしとおなじような悲しみをかかえているの？

そう思えるようなコメントを、わたしはもう一度、読んでみた。

しかしあるかなしみはなくことができません。ないたって、どうしたってけすことはできないのです。いま、ちいさいたろうのむねにひろがったかなしみはなくことのできないかなしみでした。にいみなんきちのどうわ「ちいさいたろうのかなしみ」より。

夏のよろこび

4　海を渡る風

七月四日、ジュライ・フォース。

ハイスクールの夏休みが始まって、ほぼ一ヶ月が過《す》ぎた。

きょうは、アメリカの独立《どくりつ》を祝う日だ。夕方になったら、どこかで花火が上がるだろう。父さんと母さんは、ご近所の人の家で催《もよお》されるパーティに参加するという。母さんは朝から、パーティに持っていくためのクッキーを焼いている。

バターと砂糖《さとう》と卵《たまご》とチョコレートが混《ま》じって、溶《と》けてとろけて、少しずつこげていく、香《こう》ばしいかおりが家中に満ちあふれている。

ぼくはクッキーの試食はするが、パーティへは行かない。

「え？　カイト、行かないのか、今夜のパーティ。楽しいぞ。カイトの好きなバーベキューパーティだぞ。なぜ行かない？」

父さんの質問《しつもん》に、ぼくはこう答えた。

「いそがしいんだよ。どうしても今夜中に、仕上げたい曲があるんだ」

「それはそれは、たいへん、失礼いたしました！」

ぼくたち家族は二週間ほど前から、父さんの友人が所有しているサマーハウス――マサチューセッツ州にある――に滞在《たいざい》している。うちから車で三時間ほど走ったところにある町だ。

家の持ち主は、ヨーロッパを旅行中。去年はアラスカだった。おととしは北欧《ほくおう》だった。おかげでぼくらはここ数年、三ヶ月の夏休みのうち約一ヶ月あまり、快適《かいてき》で解放的《かいほうてき》、かつ優雅《ゆうが》で印象的なこの家で「夏の別荘《べっそう》ライフ」を満喫《まんきつ》できている。

サマーハウスの目の前には、ビーバーポンドと呼《よ》ばれる大きな池がある。

昔はほんとにビーバーが住んでいたらしい。今は、池のまんなかに、枯《か》れ枝《えだ》でつくられたピラミッドみたいな、ビーバーの巣だけが残されているようだ。

池では、すいれんの花が満開になっている。

早朝、池のほとりに立って深呼吸《しんこきゅう》をすると、朝露《あさつゆ》にぬれた草と、樹木《じゅもく》と、葉と花のかおりが胸《むね》いっぱいに広がる。実物の絵を見たことがないものの、なんだか、モネの《睡蓮《すいれん》》の絵の連作の前に立っているような気分になる。

実に優雅《ゆうが》で印象的だ。

ぼくがこのサマーハウスを気に入っている大きな理由は、広い敷地内《しきちない》に、母屋《おもや》と別館の二棟《むね》があること。

当然のことながら、父さんと母さんは母屋に、ぼくはひとりで別館に寝泊《ねと》まりしている。

この「親との別居《べっきょ》」が、なんともいえず、楽しいのだ。

つまり、快適《かいてき》で解放的《かいほうてき》。

持ち主の夫妻《ふさい》は写真家のカップルなので、別館はまるごと、写真の撮影《さつえい》スタジオになっている。天井《てんじょう》は、教会みたいに高い。地下には暗室もある。おまけにスタジオの一角にはゲストルームがついていて、そこには、ベッド、キッチン、バスルーム、そして、生活に必要なものすべてが完備《かんび》している。

さらに、これがいちばん重要なのだが、スタジオのかたすみには、なんと、グランドピアノが置かれている！

母屋《おもや》と別館は、熱々のスープがぬるくなるくらい、離《はな》れている。

だからここでは、ピアノは朝から晩《ばん》まで、真夜中だって、弾《ひ》きほうだい。ふだんは、こうはいかない。

母屋でパンケーキとフルーツサラダの朝ごはんを食べ終え、いそいそと別館へ、ぼくひとりの城《しろ》へ引きあげようとしていると、背中《せなか》から、父さんの声が追いかけてきた。

「じゃあ、おまえの、黒光りしている、でっかいガールフレンドによろしくな！」

ガールフレンドとは、ピアノを意味している。くやしいけど、父さんの言ったとおりだ。ぼくにはまだ、ピアノ以外の恋人《こいびと》はいない。


ぼくが音楽をつくっているのではなくて、音楽がぼくをつくっている。

こうして、ピアノにむかって作曲をしているとき、ふいに、そんなふうに思える瞬間《しゅんかん》がやってくる。

どこかで――たぶん、銀河系《ぎんがけい》のかなたで――生まれた新しい星のようなメロディが、まるで流星の光みたいにぼくのからだのなかに流れこんできて、ぼくを占領《せんりょう》してしまい、発熱し、からだからあふれそうになったその音楽が、指先から鍵盤《けんばん》の上にこぼれ落ちて、しずくがつながって、新しい曲ができあがる。

ぼくの心は、喜びでいっぱいになる。

その喜びがまた、新しいメロディを、リズムを連れてくる。

作曲というのは、感動的かつ創造的《そうぞうてき》な、喜びの光の連鎖《れんさ》だ。

ぼくのバンド仲間で、チェロ奏者《そうしゃ》のリンのことばを借りれば、雨つぶの連鎖か。

いつだったか、リンはこう言っていた。

「私の音楽は、空から降《ふ》ってくるの。雨つぶみたいにね。私はそれらをひとつぶ、ひとつぶ、拾いあつめて、川の流れになるようにして、演奏《えんそう》するの」

ぼくの場合には、空から降ってくるのは、木の葉かもしれない。

何か大きなものにみちびかれるようにして、ピアノを弾《ひ》きながら、ぼくは思い出している。あの日、降ってきた小さなものを。

たしかにあの日、あの春の日、ぼくの手のひらのなかに一枚《まい》、木の葉がはらりと舞《ま》いおりてきた。

言の葉　落ち葉

いそがしく過《す》ぎていく
一日と一日の
わずかなすきまに
満員バスのいちばんうしろの
ポツンと空いた
ひとつの座席《ざせき》に

立ち止まって見つめる
風のふきだまりに

落ちていることばがあります
忘《わす》れられて
行くところのないことば

ことばは落ち葉のように
大地に
舞《ま》いおりていきたいのです

けれどもさびしさのためか
みずからの重さのためか
ことばは
うずくまったままです

好きな曲を紹介《しょうかい》したり、発表したり、送りあったりできる「ベストフレンド」というネットサイト。そこに、新美南吉《にいみなんきち》の童話「小さい太郎の悲しみ」の一節をそえて投稿《とうこう》しておいた、ぼくのオリジナル曲に対する感想として、その人は、自分の書いた詩を送ってきてくれた。

メッセージは、何もそえられていなかった。

ただ、この詩だけが書かれていた。

もしかしたら、ぼくの曲に、詩をつけてくれたのだろうか。

「すばらしい」とか「大好き」とか「感動した」とか「うっとり」とか、一語か二語のコメントなら、今までに何度かもらったことがあるけれど、こんなふうに一編《ぺん》の詩を送ってもらったのは、はじめてのことだった。

ぼくのパソコンには、和訳《わやく》・英訳機能《えいやくきのう》と音声機能の両方がついているので、この詩を「音」におきかえて、日本語と英語の両方で、くりかえし、聴《き》いてみた。

なんだかさびしそうな詩だ。

それが第一印象だった。

しずまりかえっている森が見えた。

あたりには、音もなく、落ち葉の雨が降《ふ》っている。

やがて落ち葉は小雪に変わる。

森の奥《おく》で、うずくまったままふるえている、小さな女の子のすがたが見えた。

この子の胸《むね》のなかにも、小さい太郎の感じていた「悲しみ」が広がっているのだろうか。ぼくがいつも、朝から晩《ばん》まで、笑っているときでさえ感じているあの「かなしみ」が。

いったい、どんな人がこの詩を書いて、送ってきてくれたのだろう。

名前の欄《らん》をクリックすると、「いちまいのこのは」という音が聞こえてきた。

美しい名前だと思った。

まるで美しい物語のタイトルみたいだ。

自己紹介《じこしょうかい》は「京都で生まれて、東京の郊外《こうがい》で育ちました。本を読むのが好きです。女子中学生です。ひとりで過《す》ごすのが好きです。友だちは、動物と植物と小鳥と音楽。人間はきらいです——」

「にんげんはきらいです」

そのことばが心臓《しんぞう》に突《つ》きささって、ぬけなくなった。

新美南吉《にいみなんきち》の童話「手袋《てぶくろ》を買いに」に出てくる、母さんぎつねのことばが浮《う》かんできた。

——人間はね、相手が狐《きつね》だとわかると、手袋を売ってくれないんだよ、それどころか、つかまえて檻《おり》の中へ入れちゃうんだよ、人間ってほんとにこわいものなんだよ。

ぼくはその日、日本に住んでいる中学生の女の子に、新しい音楽を送った。彼女《かのじょ》を元気づけたかった。はげましたかった。なぐさめたかった。きみはひとりで過《す》ごすのが好きかもしれないけれど、きみはひとりぼっちじゃないよ。きみは人間がきらいかもしれないけれど、ぼくはきみのことが好きだよ。

そんな思いをこめて、曲をつくった。

いや、そうじゃない。曲がやってきたんだ。この詩が、日本語のことばたちが、音楽を連れてきてくれたんだ。

たったひとりの人にむかって、一枚の木の葉さんのために、ぼくはピアノを弾《ひ》いた。そして、送った。特定の人だけに送ることのできる「パーソナルメッセージ」の機能《きのう》を使って。ことばのメッセージは、つけなかった。ただ、音楽だけを送った。

返事はすぐには来なかった。

一週間が過ぎて、十日が過ぎて、めいわくだったかな、と、反省しはじめたころ、はらりと返事が届《とど》いた。
そこにはやっぱり、詩だけが書かれていた。
一作目よりも、ずいぶん明るくなっていた。
それがぼくから送った音楽のせいだったのだとしたら、ぼくはとても幸せだし、
光栄だと思った。

花をあげたい

路地を走って
角のお菓子屋《かしや》さんで
花屋さんの場所をたずねて

ばらの花束はたしかにすてきだし
スイートピーもかわいい
かすみ草が大好きだけど
涙《なみだ》の結晶《けっしょう》みたいに見えるから
きょうは
赤いカーネーションで
大きな花束をつくります
リボンは明るい黄色をむすんで

花をあげたい
あなたに

心をつたえたい
走っていって

「大きな花束をありがとう」の気持ちをこめて、またピアノを弾《ひ》いて、彼女《かのじょ》に音楽を送った。

文章のメッセージは、ちょっと迷ったけれど、やっぱりなしにした。音楽が、ぼくのメッセージだからだ。

ぼくのことばは、ピアノが語ってくれる。

二日後、彼女からの返事が届《とど》いた。短い詩が一編《ぺん》。短いけれど、軽快《けいかい》なリズム。受けとるとすぐに、ぼくからも短い音楽を送った。すぐに返事が届いた。俳句《はいく》みたいな短い詩。

それから、ぼくらの「文通」が始まった。

ぼくはアメリカから、彼女《かのじょ》は日本から「手紙」を送りあう。音楽と詩。それがぼくらの手紙だ。

日本とアメリカは地球の反対側にあるから、「パーソナルメッセージ」の欄《らん》に「地球通信」と、ぼくは名前をつけた。ふたりだけのメール通信だ。

木の葉と風の通信だ。

木の葉は風に詩を、風は木の葉に音楽を送る。メールというつばさに乗せて。

地球のこっち側から音楽を送ると、反対側から詩が返ってくる。

その詩を読んで、新しい音楽を送ると、また新しい詩が返ってくる。

ことばが音楽に変換《へんかん》され、音楽がことばに変換される。毎回、驚《おどろ》きと喜びに満ちている。それが「地球通信」だ。

ふと気がついたら、スタジオは夕闇《ゆうやみ》に包まれていた。

網戸《あみど》から入りこんでくるかすかな冷気に、夜の気配を感じる。ピアノも感じている。ピアノのふるえを、ささやきを、ぼくの指が感じている。

夜を運んでくる闇《やみ》の息づかいが聞こえる。夜になる前に、安全な寝《ね》ぐらにもどっていこうとする小鳥たちの声と、それを合図にしたかのように、池のまわりで鳴きはじめるかえるたち。

あかりもつけないで、ぼくは作曲に熱中している。

人工的なあかりは、ぼくには必要ない。なぜなら、ぼくの心にはいつだって、夜だって、太陽が輝《かがや》いているからだ。

遠くで、独立記念日《どくりつきねんび》の花火のはじける音がしている。

5　一枚の木の葉

部屋のあかりはつけないで、スタンドのあかりだけをともして、わたしは本を読んでいる。おととい、町の図書館で見つけて借りてきた『新美南吉《にいみなんきち》童話集』。

とても古い本。

わたしは、古い本が好き。

本がもともとは木だったことを、古い本は知っている。森のような、落ち葉のようなにおいのする古い本。一枚一枚のページが、昔は、一本一本の枝《えだ》だったとわかる。

古い本のなかに出てくる「ことば」が好き。

本に書かれていることばは、信頼《しんらい》できる。もともとは人間の書いたことばだった。けれども今はもう、人のことばではない。人からぬけだした、たましいのことば。そんなふうに思えるから、古い本に書かれたことばが好き。

今夜、読みはじめたのは「小さい太郎の悲しみ」という童話。

しかしあるかなしみはなくことができません。ないたって、どうしたってけすことはできないのです。いま、ちいさいたろうのむねにひろがったかなしみはなくことのできないかなしみでした。にいみなんきちのどうわ「ちいさいたろうのかなしみ」より。

「ベストフレンド」のサイトに書きこまれていた、この不思議な文章を読んで以来、この童話の全文を読みたいと思いつづけてきた。だから図書館でこの本を見つけたときには、とてもうれしかった。会いたかった人に、やっと会えた。そんな気持ちだった。

サイトではじめて、海を渡る風さんのピアノを聴《き》いたときの感動を思い出しながら、かたつむりのように、ゆっくりと読みすすめていく。ことばを味わいながら。

さっきまで降《ふ》っていた雨が上がったらしくて、カーテンをゆらしながら吹《ふ》きこんでくる風に、土のにおいが混《ま》じっている。

八月の夕暮《ゆうぐ》れどき。

遠くではせみが、近くではこおろぎとすずむしが鳴いている。

広い庭ではないものの、わたしの勉強部屋のすぐそばには花壇《かだん》があって、そこでは、おかあさんの育てている草花――ひまわり、あさがお、けいとう、コスモス、トルコききょうなど――と、おとうさんの育てている野菜――トマトにバジルにハーブ類――が思うさま、茎《くき》をのばし、葉を広げている。そのむこうには、あじさい、犬つげ、さつきなど、背《せ》の低い庭木たちがよりそって、枝《えだ》と枝をかさねあわせている。

お花畑から、ぶうんと、空に飛びあがったかぶと虫を見つけた小さい太郎は、ひとりで遊ぶのがつまらなくなってきて、だれかにかぶと虫を見せたくなった。

ここまでが第一章の内容。

ページから顔を上げ、深呼吸《しんこきゅう》をひとつして、土のにおいと植物たちのかおりを胸《むね》いっぱいにすいこむ。

植物はりっぱだなと思う。太陽の光、雨の恵《めぐ》みを受けて、ただだまって、ひとりでせいいっぱい生きている。

ことばを持たない草花や樹木《じゅもく》が、わたしは大好き。

人間はきらい。いやなことばを持っているから。人間の口から出てくる、いやなことばは、わたしを攻撃《こうげき》しようとする。わたしを追いつめ、どこへも逃《に》げられないようにしてからわたしを傷《きず》つけようとして、手ぐすね引いて待ちかまえている。

だから人間がきらい。人間だけがうそをつく。いつだって、思っていることと、言っていることがちがう。クラスメイトも先生も両親も姉も、心では思ってもいないことを口にすることが多いし、心のなかで思っている本当のことは、かくしている。

だからわたしは人間を信じない。

わたしは、うそつきの人間である自分が、きらい。

なぜ、わたしは人間に生まれてきたのだろうと思う。植物として、生まれたかった。木として、生まれたかった。そうすればもっと、わたしらしく生きられるかもしれない。

きのう読んだ「手袋《てぶくろ》を買いに」に出てくる、おかあさんぎつねといっしょに、わたしはつぶやいてみる。

ほんとうに人間はいいものかしら。

ほんとうに人間はいいものかしら。

人間といっしょにいると、わたしはわたしでいられなくなる。胸《むね》が苦しくなって、喉《のど》にことばがつまって、息が止まりそうになる。

だからわたしは声を失った。

わたしの声が出なくなった理由。

それは、わたしは、人間でいたくないから。

こんなこと、だれに話したって「わからない」って言われるに決まっている。

ずっと、そう思っていた。あきらめていた。そもそも、だれかにわたしの気持ちを理解《りかい》してもらいたいなんて、思ってもいなかった。まるでかぶと虫を発見するみたいにして、あの日、あの春の日、あの人のつくった音楽に出会うまでは――。

はっとわれに返って、ふたたび本の世界にもどる。

小さい太郎は、かぶと虫を連れて、友だちの金平《きんぺい》ちゃんの家に行く。友だちにかぶと虫を見せて、いっしょに遊びたいと思っている。だけど、金平ちゃんは前の晩《ばん》からおなかをこわしてしまって、小さい太郎とは遊べない。太郎はがっかりする。

ここまでが第二章。

第三章。太郎は今度は、ひとつ年上の恭一《きょういち》くんの家へ行く。木登りのじょうずだった恭一くんは、海のむこうにある遠い村にあずけられてしまっていて、太郎といっしょに遊べない。でも、お盆《ぼん》とお正月にはもどってくるとおばさんから言われて、太郎は希望を持ちつづけることにした。

第四章に入る前に、本にしおりをはさんで机《つくえ》の上に置いて、パソコンの前にすわった。わたしも、小さい太郎みたいに、友だちに会いに行きたくなった。

自分で編集《へんしゅう》してつくったファイルをあける。

ファイル名は「地球通信」。

そのなかには、海を渡る風さんから届《とど》いた、ピアノの独奏曲《どくそうきょく》が入っている。彼《かれ》がわたしのために弾《ひ》いてくれたピアノ。いちばん新しい曲。先週、わたしから送った「さびしさはどこから」という詩を読んで、彼のつくってくれた音楽を、再生《さいせい》してみる。

つかのまの静寂《せいじゃく》。

木の葉にやどる露《つゆ》の玉《たま》の、最初のひとつぶみたいな、ひそやかな音がわたしの心の湖面に落ちる。ため息みたいな、かすかなさざ波。それから、風の指先がさわさわさわさわ、小枝《こえだ》をゆらせるようにしながら、音を連れてくる。

音が音を連れてくる。まるで音の首かざりのように、音色は樹木《じゅもく》をいろどり、枝と枝をつないで、やがて森全体をかざる。

ピアノがわたしの心に風を吹《ふ》かせる。悲しみを連れさっていく。

いつまでも吹かれていたい、心を洗《あら》われるような、このメロディ、このリズム。

海を渡る風さんのつくった音楽を聴《き》きながら、自分の書いた詩を読みかえしてみる。

どこからやってくる
この気持ち
人がたくさんいて
みんなになにかを話していて
窓《まど》からは
いろんな高さのビルが見えて
ただ　さびしいとおもう

だれにあてててでもいい

さびしいと
手紙に書いて送りたい
書《か》き損《そん》じた文字も
きっとさびしいといっている
ときには小学生にもどりたい
落ち葉を見つめて
さびしいなとつぶやきたい

なだめても
すかしても
どうにもならないこころがある
どこにあるのか

どこからくるのか
わからない
けれどどこまでもわたしについてくる
さびしいさびしい
そう言いつづけてついてくる
ひとつのこころがある

詩と音楽がひとつになって、わたしを別の次元へ連れていく。

そこは、人間界ではない、別の次元。そこで、わたしは風とたわむれながら、遊ぶ。わたしの心が、喜んでいるのがわかる。わたしはここに来たかった。ここには、いやな人間のいやなことばがない。ここには悲しみはない。あるのは、喜びだけ。

これは、人間のつくった音楽じゃない。風のつくった音楽。風は、目には見えない。目には見えないのに、ここにいる。いっしょにいてくれる。ことばを持たない「海を渡る風」は、わたしのたったひとりの友だち。

はじめて友だちに詩を送った日のことを、なつかしく思い出す。送る前にはひどく緊張《きんちょう》してしまった。送信ボタンを押《お》そうか、押すまいか、あんなに迷《まよ》ったことはなかった。でも、思いきって、送ってよかった。

音楽を聴《き》きおえて、余韻《よいん》にひたっていると、新しいメールが一通、届《とど》いた。

あける前から、わかっている。だれが送ってくれたのか。

日本はこれから夜になる。アメリカの東海岸は今、夜が明けたばかり。海を渡る風さんは早起きなのか——それとも徹夜《てつや》して？——朝いちばんに曲を完成させて、送ってくれることがよくある。音楽を聴いたら、わたしも詩を書こうと思った。ねむる前に書いて、送ろう。

6　海を渡る風

夏休みも残りわずかとなった。

あさっては、ビーバーポンドと別荘《べっそう》をあとにして、ニューヨーク州ハイフォールズにある森の家にもどる。

その前の日に、町はずれにある教会で開かれる定例コンサートで、ぼくはピアノを弾《ひ》くことになっている。ジュライ・フォースのパーティに来ていた人が、父さんをとおして「何か弾いてくれませんか」と依頼《いらい》してくれたのだ。

せっかくのチャンスなので「ふたりでおもしろいことをやってみないか」と、チェロ奏者《そうしゃ》のリン・クワン——彼女《かのじょ》はぼくよりも二つ年上のチャイニーズ・アメリカン――に声をかけてみたところ、「願ってもないことよ」と喜んでくれ、彼女《かのじょ》はきのうの午後、車をぶっとばして、かけつけてきてくれた。

きょうはふたりでスタジオにこもって、一日中、音あわせとリハーサルをする予定だ。

あれやこれやと、たがいにアイディアを出しあったあと、ぼくたちが「これにしよう」と決めた演目《えんもく》は『ピアノとチェロのためのスコットランド民謡《みんよう》、六つの組曲』。これに、中国のフォークソングと日本の童謡を、それぞれがアレンジしたものを一曲ずつ加えて、インターナショナルな雰囲気《ふんいき》を演出することにした。

ゆうべは、ゲストルームにリンが泊《と》まっていたので、ぼくは母屋《おもや》のリビングルームのソファーで寝《ね》た。おかげで首と腰《こし》が痛《いた》い。

朝食のあと、母さんのパソコンでぼくのメールアドレスにアクセスすると、日本に住んでいる中学生の女の子からメールが届《とど》いていた。一枚の木の葉さんからだ。

地球通信だ。すぐに音声に変換《へんかん》して、読んでみた。

あしたのつぼみ

細い貝がらのように巻《ま》きあがった
あした咲《さ》くはずのつぼみ

あしたの朝に咲いて
あしたの夕方には枯《か》れる
あしたの朝に愛《め》でられて
あしたの夕方には忘《わす》れられる

ひとつの季節が終わりかけた今
おなじ花が咲《さ》きはじめたころのように
もう愛されることはないかもしれない
それに今夜　雨がふりでもしたら

あしたの朝には開かないまま
終わってしまうかもしれない
それならなんのためにきょうまで
このつぼみを育ててきたのか
花ひらくこともなく
終わってしまうなんて

そんなことばは持たない
あしたのつぼみ
そんなことばは知らない
人間だけが持つそんななげきのことばは

あしたのつぼみはひそやかにふくらむ
夜をかけて
たったひとりで

日本語の美しい響《ひび》きが、ぼくの脳《のう》みそのしわの、ひとすじ、ひとすじにしみこんでくる。

日本語はぼくを、あっけなく、やすやすと、別の次元に連れていってくれる。そうなんだ、英語と日本語は、ぼくにとっては、別の次元に存在《そんざい》している。英語ではとても表現《ひょうげん》できないことが、日本語だとできる。その逆《ぎゃく》もある。日本語では説明できないようなことでも、英語なら説明できる。

以前にくらべると、一枚の木の葉さんの書く詩は、さらに明るくなった。

詩の底にたまっていたさびしさや悲しみが少しずつ、少しずつ、まるで雪のように溶《と》けていっているように、ぼくには思えてならない。ぼくのピアノのせいなのであれば、とてもうれしいと思ってもいる。

けれどもそれはごうまんな、いたって自分勝手な思いだったと、たった今、この詩を読んで、気づいた。

彼女《かのじょ》の悲しみは、彼女のさびしさは、彼女だけのものだ。ぼくのさびしさと悲しみが、ぼくだけのものであるように。

この詩を英語に変換《へんかん》して、リンにも見せてあげようと思った。

リンの感想が聞きたい。

そう思うと同時に、きのうの会話がよみがえってきた。

きのうの夕方、両親と四人でディナーを食べたあと、ぼくはリンとふたりで散歩に出かけた。手をつないで、池のまわりを一周した。

それから、池のほとりにあるベンチに腰《こし》かけて、ふたりですいれんをながめているとき、リンがぼくにくれたことばを、かわした会話を、ゆうべ見た夢《ゆめ》のなかでも、ぼくは何度も再生《さいせい》していた。

「ねえ、カイト、私たち、つきあってみない？　ピアニストとチェリストとして、じゃなくて、ボーイフレンドとガールフレンドとして。実はそのことを提案《ていあん》したくて、ここまでやってきたのよ」

英語のボーイフレンドとガールフレンドは、日本語になおすと「恋人《こいびと》どうし」になる。

「まさか、冗談《じょうだん》でしょ？」

「やめてよ、冗談でこんなこと、言えるわけないじゃない？」

「じゃあ、本気なんだ」

「もちろん本気よ。カイト、私はあなたのことをもっと知りたいの。私のことも、もっと知ってほしいと思ってる」

一瞬《いっしゅん》だけ、ぼくが答えにつまっていると、リンはぼくの手を取り、自分の両手で包みこんでから、ひざの上にのせた。

とてもやさしい、上品なしぐさだった。

「いますぐ、答えをくれなくていいから。時間をかけて、考えてみて。答えがノーでも、私は傷《きず》つかない。たとえ恋人《こいびと》どうしになれなくても、私たちには音楽があるから」

「わかったよ、リン。考えてみる。リンはたいせつな人だから。ぼくはリンを尊敬《そんけい》していたから」

言いながら、ぼくはもう片方の手で、リンの長い黒髪《くろかみ》にふれてみた。リンの奏《かな》でるチェロの音のように、その手ざわりはなめらかで、まるですでに恋人《こいびと》の髪の毛であるかのように、ぼくの手にすいついてきた。

ぼくには「そんな人」はあらわれないだろうと、はなからあきらめていた。ぼくの恋人はきっと、一生、ピアノだけなんだと思っていた。

「ピアニストとチェリストとして、じゃなくて、ボーイフレンドとガールフレンドとして。実はそのことを提案《ていあん》したくて、ここまでやってきたのよ」

それは、ぼくにとって、何度でもリフレインしたくなる、喜びのことばだった。リンの問いかけはぼくにとって「あした咲《さ》くつぼみ」だ。

そのあしたはすでに、きょうになっている。

奥《おく》の寝室《しんしつ》から、寝《ね》ぼけまなこの父さんが頭をぼりぼりかきながら、すがたをあらわした。

ぼくの顔を見るなり、父さんは笑った。

「なんだ、カイト。ひとりでにやにやして。朝っぱらから何か、いいことでもあったか」

秋のやさしさ

7　一枚の木の葉

ひとりになりたいときがある
涙《なみだ》を流したいときがある

それはいつというのではなく
それは悲しいからではなく
夕暮《ゆうぐ》れの帰り道の
くちなしのかおりのように
夜明けに降《ふ》りはじめる

霧雨《きりさめ》のように
いつのまにかそっと
歩みよってくる
知らず知らずのうちに
わたしをつつんでしまう

ガラスごしに見る街は
ものいわぬ
やさしい隣人《りんじん》
ひとりになって思いえがく
おさないころの風景画には
うろこ雲がどこまでも広がっている

秋の風が吹《ふ》いている
矢車草がゆれている

ひとりになりたいときがある
かさを捨《す》て
雨にぬれたいときがある
雨にうたれて歩いてみなくては
心がわからないときがある

何度も書きなおして、推敲《すいこう》に推敲をかさねて完成させた「風景」というタイトルの詩。

家に帰ったら、この詩をパソコンで打ちなおして、清書しようと思っている。清書して、送る。わたしのたったひとりの友だちに。

「心がわからないときがある」

最後の一行を書きおえると、わたしはノートから顔を上げ、窓《まど》の外を見た。

窓のすぐそばには、いちょうの木が立っている。葉っぱが少しずつ、黄色くなってきている。

木の根もとを取りかこむようにして、おうぎ形の花壇《かだん》がある。コスモス、菊《きく》、りんどうなど、秋の花たちがよりそって、風にゆれている。

花たちは、自分がどんなにきれいな色と形を持っているのか、知っているのだろうか。

そのむこうに広がっているのは、運動場。

秋の体育祭が近いせいか、いつもよりも多くの生徒たちのすがたが見える。体育館のなかでは、文化祭にそなえて、展示物《てんじぶつ》をつくったり、劇《げき》やコーラスの練習をしたりしている子たちもいるのだろう。

放課後。

今は、クラブ活動の時間だ。みんなといっしょに何かをする時間。

だけど、わたしはひとりで過《す》ごしている。

声の出なくなったわたしは「クラブ活動には参加しなくてもいいです」と、担任《たんにん》の先生から指示《しじ》された。そのかわりに、放課後は「図書室で自習をしてから帰りなさい」と。

願ってもないことだと思った。

なぜなら、大きらいな学校のなかで、ここだけがわたしの好きな場所だから。

図書室。

ここにいるときだけは、わたしはかろうじて、わたしの好きなわたしでいられる。

本たちに囲まれ、ひとりでページをめくり、ひとりで音楽を聴《き》き、ひとりで詩を書く。だれにもじゃまされないし、だれも入ってこないし、来られない、ここはわたしだけの王国。

本の森。

ここで、わたしはいつまでも迷子《まいご》になっていたい。ここから、どこへも行きたくないし、どこへも帰りたくない。

耳にイヤフォンを押《お》しこんで、海を渡る風さんから届《とど》いた音楽——パソコンで受信した音楽を、いつでもどこでも聴《き》けるように、アイポッドに移《うつ》しかえたもの——を聴く。

夏休みが始まったころから、海を渡る風さんの音楽は、ピアノの独奏《どくそう》から、チェロとピアノの二重奏に変わった。メッセージはついていない。これまでとおなじように、いつも音楽だけ。

チェロを弾《ひ》いているのはだれなのか、どんな人なのか、だからわたしは何も知らない。でも、海を渡る風さんとチェロを弾《ひ》いている人が、信頼《しんらい》しあい、尊敬《そんけい》しあっているのだということだけは、しっかりと伝わってくる。

ふたりの心と心がつながって、ひとつになっている。そうじゃないと、こんなにもなめらかで、こんなにも美しいデュオはできない。

ふたりの演奏《えんそう》を聴《き》きながら、ついさっき仕上げたばかりの詩を、もう一度、目で読んでみる。

メロディと詩は、潮風《しおかぜ》と海みたいにひとつの世界をつくっているか。

音楽と詩のことばのリズムは、波の形と波音みたいに溶《と》けあっているか。


とつぜん、海がこわれた。破壊《はかい》された。

あたりに不協和音が響《ひび》いて、音楽も詩もめちゃくちゃになった。

うしろから近づいてきただれかの手がのびてきて、わたしのノートをうばいとったのだ。

あっ、やめて、何するの?

わたしのさけび声は、声にはなってくれない。

やめて、返して、お願いだから。

心のさけびが、わたしのからだをまっぷたつに引きさいていく。

「ひとりになりたいときがある? 涙《なみだ》を流したいときがある? うわー、すっごーい。それはいつというのではなく? それは悲しいからではなく? 夕暮《ゆうぐ》れの帰り道の、何これ、何が言いたいわけ?」

ふりかえると、おなじクラスの三人の同級生が頭をよせあって、わたしの詩のノートをのぞきこんでいた。

玲子《れいこ》と真美子《まみこ》とさやか。

さやかが大声で詩を読みあげながら、大げさに笑ったり、眉《まゆ》をひそめたりしている。真美子《まみこ》と玲子《れいこ》も、さやかに調子をあわせて、かん高い声で笑ったり、「やだー」と声を上げたりしている。

図書室にいた何人かの生徒たちも、彼女《かのじょ》たちの声を聞いて、くすくす笑ったり、笑いをこらえたりしている。

「見せて、私にも見せて。ぎゃあ、ほんとだ、おっかしい。頭から湯気が出そうなくらい、おかしいよ、これ」

「くちなしのかおりのように？　夜明けに降《ふ》りはじめる霧雨《きりさめ》のように？　いつのまにかそっと、歩みよってくる？　ぎゃはは、これって、まるでおばけじゃない」

心が割《わ》れて、こなごなになった。

だから人間はきらい、と、いつも思っていることを強く思った。

きらいな人間の口から出てくることばは、なんてきたないんだろう。

この人たちの話すことばは、よごれている。

「何さ、だまってないで、なんとか言いなさいよ」

「ひとりでさびしそうにしてるから、なかまに入れてあげようと思って、来たんだよ」

「あ、何を聴《き》いてるの？　ちょっと貸《か》してごらん」

海を渡る風さんの音楽を守らなくては。

この音楽だけは、だれにもよごされたくない。

そんな気持ちにかられて、イヤフォンをはずしてプレイヤーといっしょにかばんに押《お》しこむと、いきおいよく立ちあがった。そして、三人のうちひとりの手にしていたノートをつかんで取りかえすと、その場から走りさった。

家にもどると、まっすぐに勉強部屋にかけこんで、なかから鍵《かぎ》をかけて、泣いた。

くやしかった。

悲しみよりも、くやしさのほうが何倍も大きかった。

あんなにひどいことをされたり、言われたりしたのに、何も言いかえせなかった自分が情《なさ》けなくて、しかたがない。

弱い者いじめをするなんて、最低の人間だ。

わたしがしゃべれないとわかっていて、彼女《かのじょ》たちは、あんなことをした。

けれども、何よりもくやしいことは、かつて、三人のなかのひとり――玲子《れいこ》――とわたしは「友だち」だったということ。あんな人の友だちだった自分が情けなくて、ゆるせないと思った。

もう二度と、だれかと友だちになったりしない。たったひとりの人をのぞいて。

わたしの友だちは、ひとりでいい。

涙《なみだ》がかれるまで泣いてから、パソコンのスイッチを入れた。

「地球通信」を呼《よ》び出《だ》した。

わたしのたったひとりの友だちと、音楽ということばを使って、話をしたかった。海を渡る風さんの音楽を浴びるほど聴《き》いて、しずかな気持ちになりたかった。

聴いているとちゅうで、新しいメールにのって、新しい音楽が届《とど》いた。

地球の反対側からやってきた音楽は「ピアノとチェロのささやき」のようだった。

会ったこともない、顔も知らないふたりがわたしに、やさしく、かわりばんこに、話しかけてくれているようだった。「だいじょうぶだよ。あなたはだいじょうぶ」って。「ぼくたちがここにいるからね」って。「きみはひとりぼっちじゃないよ」って。

この曲にタイトルをつけるとしたら、それは「不思議な力」だと思った。これは、海を渡る風さんとチェロ奏者《そうしゃ》のかなでる「幸福の音楽」だと思った。

いつまでも聴いていたい、心あらわれるような、おだやかな秋の陽《ひ》ざしのようなメロディとリズム。

ピアノがチェロに、チェロがピアノに、ピアノとチェロがわたしに、ささやきかけてくる。

「悲しまないで」「嘆《なげ》かないで」「あなたはあなたのままでいいんだよ」……

友だちは、ひとりじゃなくて、ふたりになった、そんな気がした。

ベッドに入る前に、詩を送った。「ありがとう、ふたりのおかげで、涙《なみだ》がかわきました」と、感謝《かんしゃ》の気持ちをこめて。

不思議な力

波のような力でわたしをつつんでくれる
笑顔のなかに傷《きず》はとけて
あとかたもなく……痛《いた》みもとれる

そんな不思議な力　どうしたの
生まれたときから持っているの
それともどこかで見つけたの

ただあなたがそこにいるだけでお陽《ひ》さま
秋まっさかり　花は満開
きらきらと……ふりそそぐのはピアノ
そんな不思議な力　どうしたの
あなたの住んでる国にあるの
それともどこかで見つけたの

8　海を渡る風

ぼくがまだおさない子どもだったころ、母さんはよく、ぼくの手を引いて、家の裏庭《うらにわ》のつづきにある森まで連れていってくれた。

遊歩道を歩きながら森を通りぬけると、草におおわれた小高い丘《おか》があり、牛や馬がのんびり草を食《は》んでいる。その丘をすべりおりるようにして、小川が流れている。川のそばには、ピクニックをしたり、休憩《きゅうけい》したりできる、木のテーブルとベンチが置かれている。

晴れた日には、ぼくたちはそのテーブルでランチを食べた。

森には、町や家の近所にはない形やかおりがあった。めずらしい形をした石や木の実が落ちていた。ぼくは夢中《むちゅう》で、それらを拾った。

散歩のとちゅうで、母さんはときどき立ちどまって、ぼくの手を「なにか」にふれさせた。クイズの始まりだ。

「さあ、カイトくん、これはなんでしょう?」

ぼくの手は、ごつごつした木の幹《みき》にふれている。

「木! ツリー!」

と、ぼくは元気よく答える。英語と日本語の両方で。

でも、なんの木だろう? 名前までは、わからない。とにかく木にはいろんな種類がある。おなじ種類の木でも、幹の手ざわりは一本、一本、異《こと》なっている。人の性格《せいかく》がひとり、ひとり、異なっているように。

「はい、正解《せいかい》です。これはね、杉《すぎ》の木。幹の色は茶色。地面の色にそっくりなの」

母さんはぼくをしゃがませ、ぼくの手のひらをそっと、土の上に置いた。

土は茶色。木の幹《みき》とおなじ色。ブラウンというのは、湿《しめ》り気《け》をおびて、ちょっとひんやりした色なんだなと、ぼくは理解《りかい》した。

「じゃあ、これはなんでしょうか？」

母さんは抱《だ》きあげたぼくの手を、木の枝《えだ》に茂《しげ》っている一枚《まい》の葉っぱまでみちびいていってから、そう問いかけた。

「葉っぱ！」

「色は？」

「みどり」

グリーンはぼくにとって、葉っぱの色だ。表はつるつる、裏《うら》はざらざら。こすると強いにおいのする緑もあれば、指をちくちく刺《さ》すとげを持った緑もある。木とおなじで、葉っぱの種類もかぞえきれないほど多い。

森は、かぞえきれないほどの茶色と緑でできあがっている。

小川のそばまでたどりつくと、母さんは、ピクニックテーブルの上にお弁当《べんとう》を広げた。外で食べるサンドイッチは、いつもとはちがう味がした。

母さんはぼくの手に、まんまるいものをにぎらせて問いかけた。

「これは何かな?」

「りんご! 赤! レッド!」

そんなふうにしてぼくは、ぼくの目には見えない「色」というものを学んだ。

「カイトのママはね、絵描《えか》きさんだったのよ。子どものころから、絵がとてもじょうずだったの。あの子のアーティストだましいを、カイトはもらったのね」

母さんはひとりごとをつぶやくようにそう言って、おさないぼくの頭をなでてくれた。

「アーティスト? ぼくが?」

たずねると、母さんはぼくの髪《かみ》の毛をくしゃくしゃくしゃにした。

「もちろん。だってカイトくんは、ピアニストなんだもの。ピアノの魔法使《まほうつか》いなんだもの。あ、魔法のピアノ使いかな」

そうやって、母さんはおさないぼくに、自信を持たせてくれた。

母さんのクイズは、ぼくが成長してからもつづけられた。

雪は白。空からさらさら舞《ま》いおりてくる細かい白もあれば、庭に降《ふ》りつもって、春まで解《と》けないがんこな白もある。

髪《かみ》の毛は黒。だけど、黒くない髪の毛を持った人もいる。たとえば、かつてぼくにピアノを教えてくれたジェニファー先生の髪の毛は、銀色だった。

オレンジは、オレンジ色。太陽とおなじ色。

ブルーベリーは、濃《こ》い紫《むらさき》。夜の闇《やみ》とおなじ色。

メロンは、きみどり。やさしくて甘《あま》い色。ぼくの大好物。

「ねえ、母さん、ブルーってどんな色なの?」

ある日、そうたずねたぼくに、母さんは教えてくれた。

「上をむいてごらん。ほら、首をのばして顔を上げて、もっと上のほうまで」

言われたとおり、ぼくは上を見あげた。亀《かめ》みたいに首をのばして。

「何が見える？」

「空？」

「そう、空よ。ブルーは、空の色なの。雲が出ていれば、それは白いの。雪とおなじ色よ。でも雲はふわふわの白。空にはね、カイトのママが住んでいるのよ」

「ほんと？」

「ほんとよ。上のほうからね、ママはいつも、わたしたちのことを見守ってくれてるの。空って、そういうすてきな場所なの」

正確《せいかく》にいうと、ぼくの目には、空は見えていない。

けれどもぼくは「空がそこにある」ということを知っている。つまり、空の存在《そんざい》を感じることができる。だから「空の色は青」と理解《りかい》したとき、ぼくの空はどこまでも青く染《そ》まったのだった。

ゆうべから今朝《けさ》にかけて、降《ふ》りつづいていた雨のせいか、きょうの空は、水色に近いブルーなのではないかと思える。夏に滞在《たいざい》した別荘《べっそう》の目の前にあった池も、こんな色をしていたのではないだろうか。

十月になってから急に、朝夕が冷えこむようになった。

森の緑は、赤、黄、茶、こげ茶、オレンジ、と、色を変えている。

「山がね、燃《も》えているようなの」

いつだったか母さんが教えてくれた森の紅葉《こうよう》は、ぼくの想像では、オーケストラの音楽のようなんじゃないかと思う。たくさんの木が集まって、みんなで秋の音楽をつくっている。

もしかしたら葉っぱには、自分のなりたい「色」があるのだろうか。りんごとおなじように。

おさなかったころ、りんごの色は赤だと思いこんでいたけれど、大きくなっていくにつれて、りんごにも一個《こ》、一個、自分のなりたい色があるのだと気づいた。

「これは、マッキントッシュ。赤に緑が混《ま》じっているの」

「小ぶりだね。歯ごたえは、やわらかめ」

「こっちはゴールデンデリシャスね」

「だったら、金色？」

「というよりも、黄色っぽい感じかな」

町はずれにある広場で催《もよお》されている、アップルフェスティバル、日本語になおすと「りんご祭り」に、ぼくはリンといっしょに来ている。デートだ。

「これは？」

「レッドデリシャス。色は赤というよりも深紅《しんく》かな」

「深紅のバラみたいな感じ？」

「当たってる」

もぎたてのりんごの試食販売《ししょくはんばい》。手づくりのアップルパイ、アップルタルト、アップルケーキ、アップルティー。しぼりたてのアップルサイダーの実演販売《じつえんはんばい》。

そこらじゅう、りんごだらけだ。

秋晴れの土曜の午後。ぼくの心の空には、ひつじ雲が浮《う》かんでいる。

ぼくたちは会場をそぞろ歩きしながら、りんごの試食をしたあと、サイダーを買いもとめて、広場のとなりにある公園のベンチにならんで腰《こし》かけた。

それまでつないでいた手を離《はな》すと、

「あのね、カイト、だいじな話があるの」

忘《わす》れていたことをふいに、思い出したかのように、リンがつぶやいた。

その瞬間《しゅんかん》「これはいい話じゃないな」と、ぼくは悟《さと》った。

自分でも、いやになる。目が見えないせいか、ぼくの耳は「天才」と呼《よ》びたくなるほど、いろんなことを聞きとってしまえるのだ。まあ、この耳のおかげで、ピアノや作曲はうまく行っているわけだが。

「私ね、来年の一月から、ボストンへ行くことにしたの」

リンは今、高校四年生だ。卒業したらボストンにある音楽大学に進んで、さらに本格的《ほんかくてき》にチェロを学ぶつもりだという話は、すでに聞かされていた。アメリカの大学の正規《せいき》の授業《じゅぎょう》は、九月から始まる。だからそれは、ほぼ一年後のことだと、ぼくは思っていた。

しかし、リンの指導教官《しどうきょうかん》になる予定の先生は、リンの才能《さいのう》を見こんで「来春からボストンに来るように」と、すすめたらしい。高校の成績《せいせき》も優秀《ゆうしゅう》なリンは、飛び級による卒業がみとめられたという。つまり、リンのだいじな話というのは、ぼくたちの別離《べつり》が早まった、ということを意味している。

「ごめんね、カイトとは、これまでとても楽しくつきあってきたし、これからだって……」

「だいじょうぶだよ。ぼく、ボストンまで会いに行くよ。リンだって、ときどきはこっちにもどってくるだろ?」

ニューヨークとボストンに、はなればなれになってしまっても、それはただ、住んでいる町が分かれるだけだと、ぼくは高をくくっていた。さびしくなるけど、これは別れじゃなくて「分かれ」に過《す》ぎないんだ、と。

「うん……まあ、それは、そうなんだけど……」

最初に感じたいやな予感は、的中した。

分かれではなくて、それはやっぱり別れだった。

「大学に行くようになったら、勉強も練習も、今よりももっといそがしくなるでしょ。……だけど、それだけじゃないの。カイトの心を傷《きず》つけるかもしれないと思って、これまでずっと、話さないできたんだけど、じつは私ね、両親から、カイトとの交際《こうさい》を反対されてるの」

「そうだったんだ」

理由は、聞かなくてもわかる。

火を見るよりも明らかだ。ぼくの目が見えないからだ。

「私はカイトが好きだし、これからもカイトとつきあっていきたいと願っている。それだけは信じて。でも、学費を出してくれるのは両親だし、私は私を育ててくれた両親が悲しむようなことを、できればこれ以上、したくないの」

「わかってる」

本当は、あんまりわかっていなかった。わかりたくもなかった。

リンはリン、両親は両親だろ？　そんなことばが、口から出かかっていた。

ぼくはそのことばをのみこんだ。思っていても口にしてはいけないこと、というのがある。

今のぼくにできることは、こうして何もかも正直に話してくれたリンに感謝《かんしゃ》すること。それしかないだろう、と、自分に言いきかせた。

カイト、いさぎよくなれ。

「ありがとう」

リンの手をにぎりしめて、そのあとをつづけた。

「今までつきあってくれて、ありがとう。ぼくもとても楽しかったよ。またいつか、どこかで再会《さいかい》できたら、そのときにはリンと二重奏《にじゅうそう》がしたいな。ぼくもリンに負けないように、しっかり練習して、りっぱなピアニストになっておくからさ」

「……」

リンの泣き声が聞こえた。ふられたぼくよりも、ふった彼女《かのじょ》のほうが、もしかしたら何倍もつらいのだろうか。そんなことを思った。

家にもどって、しばらくのあいだ、ぼーっとしていた。

失恋《しつれん》。何しろこれは、今までに一度も経験《けいけん》したことのないできごとだ。どのように感情の交通整理をしたらいいのか、見当もつかない。信号がこわれてしまっている。

車で家まで送ってくれたリンに、笑顔《えがお》で手をふって別れたけれど、ぼくの心のなかは、どしゃぶりの雨だった。色は濃《こ》い灰色《はいいろ》だ。ねむれない夜の闇《やみ》の色。

真夜中、ダークグレイの頭のなかに、ぽっかりと月が浮《う》かんできた。

新美南吉《にいみなんきち》の童話「小さい太郎の悲しみ」に出てくる文章だった。


しかし或《あ》る悲しみは泣くことができません。泣いたって、どうしたって消すことはできないのです。いま、小さい太郎の胸《むね》にひろがった悲しみは泣くことのできない悲しみでした。

9　一枚の木の葉

日曜の朝。

勉強部屋のドアがノックされる音で目が覚めた。

ゆうべは夜ふかしをして、真夜中まで本を読んでいたので、すっかり寝坊《ねぼう》してしまった。

「葉香《ようか》ちゃん、電話よ」

ドアをあけると、受話器を手にしたおかあさんが立っていた。

「玉井《たまい》さんからよ。お友だちの玉井玲子《れいこ》さん。何もしゃべらなくていいから、ただ、話を聞いてもらえたらそれでいいですって、そうおっしゃっているけど。出るだけ、出てみたら？　聞くだけ聞いたら、あとは、おかあさんがお話ししてあげるから」

玲子《れいこ》はわたしの友だちじゃない。三日前の図書室でのできごとが、心とからだの両方によみがえってくる。背中《せなか》がぞわぞわする。あんなことができるなんて、友だちじゃない。昔は友だちだったけど、今はちがう。

でも、そんなことをおかあさんに説明したって、わかってもらえないだろう。それに、説明するためには紙とペンと時間が必要だ。

わたしはだまって、手をさしだした。

おかあさんは早口で玲子に話しかけた。

「もしもし玉井《たまい》さん？　今すぐ出ますので、このままお待ちくださいね。はい、葉《よう》香《か》にかわります」

おかあさんから受話器を受けとって、耳に当てた。

玲子《れいこ》の声が流れてきた。

「もしもし、葉香《ようか》？　葉香？　聞こえる？　聞こえてる？　あのね、わたしね、このあいだのこと、あやまりたくて電話したんだ。このあいだは、本当にごめんね。あんなことして、本当に本当にごめん。葉香がどうしてしゃべれなくなったのか、いまだにわからないけど、しゃべれない人をいじめるなんて、最低だし、最悪だし、絶対《ぜったい》にいけないことだとわかってる。わかってるのに、わたし、さやかと真美《まみ》子《こ》にきらわれるのがこわくて、いっしょになって、葉香のこと、いじめてしまった。ごめんねのメールを書こうかなと思ったんだけど、電話で『ごめんね』だけ先に、言っとくね。またあとで、メール、書くから。葉香の書いた詩、すてきだったよ。みんな、心のなかでは、そう思ってたの。自分にはあんな才能《さいのう》はないって、ふたりとも、うらやましがってた。わたしも同感。じゃあ、そういうことだから、またメール出すよ。あ、何も言わなくていいよ。おかあさんにかわって」

おかあさんに受話器を渡《わた》したあと、からだ全体がかーっと熱くなっていることに気づいた。玲子《れいこ》の声とことばと、そこにこもっていた玲子の気持ちが、わたしのからだと心を熱くしていた。

うれしかった。

生きかえった。

図書室でノートを取りあげられてからきょうまでの三日間、教室のなかにいても、家にいても、自分がどこにいるのかわからないような、足が地についていないような、まるで幽霊《ゆうれい》みたいな気持ちで過《す》ごしていたのだった。

ひさしぶりに、友だちの声を聞いたと思った。「葉香《ようか》の書いた詩、すてきだったよ」ということばが、胸《むね》のなかで輪唱みたいに響《ひび》いている。あれは、うそのことばじゃなかった。だから響くのだ。

わたしもあとで玲子にメールを書こうと思った。「ありがとう」って。そして、ちゃんとしゃべれるようになったら、まっさきに玲子《れいこ》に「ありがとう」って言おう。

お昼過《す》ぎ、ランチを食べたあと、はずんだ気持ちのまま、パソコンの前にすわった。この、うれしい気持ちを詩に書いて、海を渡る風さんに送りたいと思っていた。

その前に、アメリカから届《とど》いている新しい曲を聴《き》こう。

届いてるかな？　ピアノとチェロの美しい二重奏《にじゅうそう》。

きっと、今のわたしの気持ちにぴったりな音楽が届いているような気がする。幸せの二重奏？　それとも、喜びの二重奏？

友情の二重奏かもしれないな。

わくわくしながら、「地球通信」にアクセスした。

届いてる！

メールをあけようとしたわたしの指が、次の瞬間《しゅんかん》、ふっと止まった。

なぜなら、メールのタイトルが「秋のかなしみ」になっていたから。ふだんはタイトルはついていない。それなのに、きょうに限《かぎ》って、どうして。

どうしたんだろう?

その答えは、音楽が教えてくれた。

こんな悲しい曲は、今までに一度も聴《き》いたことがなかった。

ピアノの独奏《どくそう》。泣きながら、弾《ひ》いているのだろうか。涙《なみだ》が鍵盤《けんばん》の上に、ぽたぽた落ちているのではないだろうか。そう思えるほどに、それは悲しく、それはさびしげに、わたしの胸《むね》に食いこんできた。

いったい、どうしたんだろう?

海を渡る風さんに、何か悲しいできごとが起こったのだろうか?

日本は今、午後二時少し前。

ということは、ニューヨークは、真夜中の零時《れいじ》少し前。

こんなにも大きな悲しみをかかえたまま、彼《かれ》はどんなねむりについているのだろうか。うまくねむれないまま、夜の闇《やみ》を見つめているのだろうか。その闇は、どんな色をしているのだろう。

そこまで思ったとき、心に浮《う》かんできた文章があった。新美南吉《にいみなんきち》の童話「小さい太郎の悲しみ」の一節。ベストフレンドのサイトで知りあったときに、はじめて目にしたことば。夏に読んだ童話の、最後の章に書かれている。この三つの文を、わたしはすでに暗記していた。

第二章でも、第三章でも、友だちといっしょに遊べなかった太郎は、第四章で、年上の別の友だちにかぶと虫を見せようと思って、その人の家をたずねる。けれども、その人もやはり、太郎とは遊んでくれない。太郎は深い悲しみの海に沈《しず》んでしまう。

しかし或《あ》る悲しみは泣くことができません。泣いたって、どうしたって消すことはできないのです。いま、小さい太郎の胸《むね》にひろがった悲しみは泣くことのできない悲しみでした。

いつも陽気で、きらきらしていて、いつだって太陽のほうだけをむいて、歩いている人のように思えていたのに。海を渡る風さんの胸のなかに「泣くことのできない悲しみ」が広がっているなんて――。

それから時間をかけて、詩を書いた。

今こそ、わたしから海を渡る風さんに、わたしのことばを送りたいと思った。ひとりぼっちのわたしをなぐさめてくれた人に。「きみはひとりじゃないよ」と声をかけつづけてくれた人に。わたしの太陽みたいな人に。

露《つゆ》のたまのやさしさ

わたしはあなたに
小さなやさしさをあげよう

大きなものであってはならない
人にやさしさをあげるときに
大きなやさしさは
人をくるしくさせてしまう

ひとつぶの朝露のように
日が出れば跡《あと》かたもなく消えてしまう

そんな小さなやさしさをあげよう

朝のしずけさに包まれて
ねむりから覚めたばかりの露《つゆ》のたま
まるく小さくかがやいて

それをわたしは
あなたにあげる

冬のあらし

10　海を渡る風

十二月になったばかりのある日、雪嵐《ゆきあらし》がやってきた。

英語では「スノウストーム」という。

パウダースノウと呼《よ》ばれている、細かい砂つぶみたいな固い雪が、音もなく、しんしんと、長い時間をかけて降《ふ》りしきる。

いや「音もなく」というのは、正しくない。本当は、いろんな音がしている。少なくともぼくの耳には、はっきりと聞こえる。

雪と風が混《ま》じりあって、こすれるような音。

雪が地上に舞《ま》いおりて、溶《と》けずに積みかさなってゆく音。

降《ふ》りつもった雪をふみしめて歩く、動物たちの足音。

ときどき、枝《えだ》からばさっと、雪のかたまりが落ちる音。

ぼくは子どものころから、雪嵐《ゆきあらし》が大好きだった。

「停電しませんように……」

母さんは、あんまり好きじゃない。

「そのうちふっと消えるかもしれない。今のうちに、洗濯機《せんたくき》をまわしておくか。ついでに、皿洗《さらあら》い機《き》も」

父さんも、あんまり好きじゃない。

雪嵐が来ると、雪の重みで折れた枝が電線に引っかかったり、風がひどいときには、木がたおれて電線が引きちぎられてしまったりして、停電することがよくある。

夜に停電すると、ふたりは大さわぎをする。大さわぎをして、うろたえる。ぼくだけが、落ちついている。ぼくにとっては停電なんて、どうってことない。

暗闇《くらやみ》のなかを、手さぐりで歩いている父さんと母さんを尻目《しりめ》に、ぼくはあめんぼみたいにすいすい行動する。

「カイト、懐中電灯《かいちゅうでんとう》、どこにあったっけ」

「カイト、マッチが見つからないの」

あかりが消えただけで、見える人は、手も足も出なくなる。

夕方から始まった雪嵐《ゆきあらし》は、ひと晩《ばん》じゅう、町に森に庭に思うさま雪を降《ふ》らせて、夜明けと同時にきっぱりと去っていった。

「うわあ、なんだ、この雪は。まるで雪の怪物《かいぶつ》じゃないか！」

朝、父さんのさけび声で、目が覚めた。

「軽く一メートル半は積もっているわね」

母さんもあきれている。

そういえば、朝だというのに、家のなかが妙《みょう》に暗い。つまり、ぼくの目には、朝の光が感じられない。風に吹《ふ》きあげられた雪が土手のようになって、家の一階の窓《まど》という窓をおおってしまっているからだ。

除雪車《じょせつしゃ》が来るまでは、みんな、どこへも行けない。

父さんの会社も、母さんの仕事も、ぼくの高校も、きょうは休みだ。なんだか得したような気分になる。

朝食のあとで、雪だるまをつくろう。思いきりでかいやつを。

その前に、玄関《げんかん》とガレージの前の雪を、シャベルでどかしておかないと。

目はりんご、手足はにんじん、頭には毛糸のぼうしをかぶせた雪だるまを三体、玄関の前に立たせてから、ぼくはピアノの部屋にこもって、新しい曲の仕上げをした。

タイトルは「思い出を編《あ》む」。

それはしずかな　夜のこと
風が一瞬《いっしゅん》　冷たくなって
はらはら　木の葉が舞《ま》いおりる

動物たちも　花たちも
星もみんな　寝《ね》しずまり
わたしひとり　目をさます

月の光を　唯一《ゆいいつ》のたよりに
木の葉を　そっとあつめましょう
心にめぐる　思い出は

木の葉で編《あ》んだ　首かざり

首にかければ　あまりに軽く
胸《むね》にかざれば　さらさら流れ
手をふれたなら　こわれてしまう

心細い　首かざり
思い出編んだ　首かざり

秋の終わりに、一枚の木の葉さんから届《とど》いた詩だ。

この詩を読んだとき、ぼくは不思議に思った。どうして、会ったこともない、会話を交《か》わしたこともない、地球の反対側の東京に住んでいるこの女の子に、ぼくの心のなかが見えているのだろうかと。

リンと別れてからずっと、ぼくはこの詩に書かれているように「首にかければ

あまりに軽く　胸《むね》にかざれば　さらさら流れ　手をふれたなら　こわれてしまう」

思い出を集めては手のひらにのせ——首かざりは編《あ》まなかったけれど——指先でなぞってきた。

未練がましい行為《こうい》だとわかっていた。

去っていった人は、もどってこない。

二本に分かれた道が、ふたたび一本になることはない。

わかっていても、未練がましく、「木の葉」を拾いつづけた。リンとつくった思い出を、ふたりでつくった音楽を、リンと過《す》ごしたまぶしい夏の日々を。

リンとの別れについて、一枚の木の葉さんにはもちろん何も伝えていない。ただ、いつものように音楽を送っただけだ。小さい太郎の胸に広がっている、泣くこ

とのできない悲しみをピアノで弾《ひ》いて。
「思い出を編《あ》む」という曲を完成させ、一枚の木の葉さんに送ってから三日後、こんな詩が届《とど》いた。

思い出のかけら

目をさまさないで
思い出のかけらたち
幸福色の夕暮《ゆうぐ》れの
わずかなわずかなすきまから

風といっしょに
はいってこないで

ねむりについたわたしを
ゆり起こさないで

そっと
しずかに走って行って

この詩を読んで、ぼくははっとした。

もしかしたら、一枚の木の葉さんも、失恋《しつれん》を経験《けいけん》したのだろうか。ぼくとおなじように。

それとも、生まれたときからぼくの背負《せお》っている「かなしみ」が、一枚の木の葉さんに届《とど》いた、彼女《かのじょ》の心に命中した、ということなのだろうか。

ぼくたちはいったい、何を共有しているのだろう。

失恋《しつれん》か、悲しみか。

わからない。今はまだ、何もわからない。

でも、ひとつだけ、わかっていることがある。

一枚の木の葉さんの編《あ》んだ「ことばの首かざり」は、彼女からさしだされる「露《つゆ》のたまのやさしさ」は、ぼくを強い人間にしてくれる。彼女のことばが、彼女の日本語が、くじけそうなぼくを支《ささ》えてくれている。

見えることと、見えないことのちがいについて、長いあいだ、ぼくはこのように思ってきた。

見えないということは、見える人とは異《こと》なった次元で生きている、ということなのではないか。それは、たとえば、音楽とことばの次元が異《こと》なっていることと、おなじなのではないか。そして、ぼくはこれまで「音楽は、ことばを超《こ》えたものを表現《ひょうげん》できる」と思ってきた。信じてきた、といっていい。

このような考え方を、ぼくは今、ゆるやかに変えようとしている。

そうじゃない——のかもしれない。

音楽とことばは、見える人と見えない人は、まったくおなじ次元に存在《そんざい》しているのかもしれない。

手と手をのばせば、しっかりとつなぎあえる。ふれあえば、たがいのぬくもりを感じあえる。

ぼくと一枚の木の葉さんは、きっと、そういう次元に住んでいる。

だから、ことばを超えた音楽も、音楽を超えたことばも、ここにはない。

あるのは、たがいの心を伝えあおうとする心——。

そこまで思ったとき、ぼくはピアノの前から離《はな》れて、パソコンの前にすわっていた。

一枚の木の葉さんに、手紙を書こうと思った。

「思い出のかけら」という曲といっしょに、ぼくの「ことば」をメールにのせて、送りたいと思った。

ぼくには詩は書けそうもないが、手紙なら、書ける。ひらがなだけのメールなんて恥《は》ずかしいと思って、今までずっと書かないできたけれど。

勇気を出して、書くよ。

きみがどう思うか、きみからどんな返事が来るのか、どんな返事も来ないのか、あれこれ考えると、不安になるし、自信もまったくないけれど、それでも書くよ。

ぼくにはきみに、伝えたいことがあるんだ。

11　一枚の木の葉

「わあ、見て見て、すごい雪」

「信じられない、あんなに積もるなんて」

「北海道《ほっかいどう》でも、あそこまでは積もらないかも」

「それにしてもアメリカ人はみんな、元気よねえ」

「ほんと、大雪なのに、平気で散歩してる！」

さっきから、テレビの前で、おかあさんとおねえちゃんがわいわい、さわいでいる。

夕方のニュース番組。

それによると、アメリカの東海岸一帯は、ゆうべから今朝にかけて、大きな雪嵐《ゆきあらし》におそわれたらしい。大雪のために交通が遮断《しゃだん》され、停電し、孤立《こりつ》している村もいくつかあるという。

ふたりの肩《かた》ごしに、わたしもテレビの画面を見つめている。

まさに白銀の世界。家も道路も森も町も、すっぽりと雪にうずもれている。空はまっ青《さお》に晴れあがって、雲ひとつない。あまりにもあざやかな、青と白の二色の世界。

アメリカの東海岸一帯、ということは、ニューヨーク州もふくまれている。

ということは、海を渡る風さんの暮《く》らしている町も、あんなふうになっているのかな。

停電したり、孤立したりしていないといいけれど、と、わたしは心配している。

あとでメールを送ってみようかな。

詩じゃなくて、手紙。

「だいじょうぶですか？」って。

今までは、詩だけを送ってきた。だけどときどき、今みたいに、手紙を書いて送りたいなと思うことがある。もっと親しくなりたいってことかもしれない。

でも、めいわくかもしれないな。そんな思いもある。

ほどなく、おとうさんが会社からもどってきて、四人で夕ごはんを食べた。

いつものように、三人はにぎやかにおしゃべりをし、わたしはだまって話を聞いていた。

「クリスマスイブの日、友だちの家でパーティがあるの」

「イブといえば、ふつうは、彼氏《かれし》と過《す》ごすんだろ。彼氏のいない者同士が集まって、なぐさめあうってわけか、ハハハ、情《なさ》けないねえ」

「何よ、もしも彼氏と泊《と》まりますって言ったら、頭からあんまんみたいに蒸気《じょうき》を出して怒《おこ》るくせに」

そんな会話のまっさいちゅうに、なぜかとつぜん、おかあさんがわたしにこう言った。

「そういえば、葉香《ようか》ちゃん、最近、何かいいことでもあったの?」

驚《おどろ》いて、おかあさんの顔を見た。きっと、わたしの目は、まんまるになっていたはずだ。

えっ、それって、どういう意味?

さらに驚いたことに、おねえちゃんまで似《に》たようなことを言うではないか。

「そうそう、あたしも思ってた。葉香にもやっと、好きな人ができたのかなぁ、なんて。うふふ、当たり?」

あわてて、首を横にふった。当たりじゃない。勝手なこと、言わないで。

「そんなに真剣《しんけん》に否定《ひてい》すると、よけいに疑《うたが》われるよ」

と、おねえちゃん。

「だめじゃない、かわいい妹をいじめちゃ」

と、おかあさん。

おかあさんとおねえちゃんは笑いをこらえているような顔をしていたけれど、おとうさんはまじめそうな顔でこう言った。

「葉香《ようか》はこのところ、本当によくがんばっている。二学期の成績《せいせき》もぐんとよくなっていたよな、とくに英語が。葉香は英語が好きなのか？」

わたしはうなずいた。好きに決まっている。ほかのどの科目よりも好きだ。

好きになった理由は――

だれにも教えてあげない。今はまだ、だれにも。

わたしがいっしょうけんめい英語を勉強している理由は――

いつか、アメリカへ行きたいから、って言ったら、みんなはびっくりするだろうなと思った。

アメリカに、友だちが住んでいるの。

たいせつな、たいせつな、人なの。
その人に、会いに行きたいの。
いつになるかわからないけど、いつか、きっと。

宇宙《うちゅう》のなかで

わたしたちはめぐりあった
だれの力もかりずに
なんの力もかりずに
あなたの力と
わたしの力と
どちらの力も強すぎず

どちらの力も弱すぎず
すいよせられるように
引きつけられるように
わたしたちはめぐりあった
宇宙のなかのとても小さな
目にも見えない一つの点

わたしたちは会えた
運命と呼《よ》ぶにはさり気なく
あまりになにげない
自然なできごとのように
けれどもそれは何千年も前から

用意されていたとしか思えない
わたしたちは会えた
ふたりの力が瞬間《しゅんかん》つりあって
目と目が合って
どちらからともなく歩みより
宇宙《うちゅう》のなかでわたしたちは
ことばをかわしはじめた

下書きのファイルに入っている詩。
まだ、海を渡る風さんに送ってはいない。こんな詩を、わたしが書いていると
知ったら、三人はどんなに驚《おどろ》くことだろう。

「しゃべれるようになったら、葉香《ようか》ちゃんは英語でぺらぺら、しゃべりだすのかもしれないわよ。そうなったら、どうする？」

おかあさんがそう言うと、ふたりは笑った。

「そのときは、あたしが通訳《つうやく》するわよ」

おねえちゃんが胸《むね》をはった。ゴリラみたいに、胸をどんどんたたいた。

わたしも笑った。心の底から。

おかあさんが言ったように、ほんとに英語がぺらぺらしゃべれるようになったらいいな、と、思っていた。

そのとき、

――あのね、アメリカにね、友だちが住んでいるの。

喉《のど》のちょうどまんなかあたりまで、そんなことばが、声が、せりあがってきていた。あともうちょっと上まで、上がってきてくれたら、わたしの声は、今にも外に出ていけそうだった。あともうちょっとだけ、あともうちょっとだけ。

でも、出てこなかった。

だめだった。また、だめだった。きょうもまだ、だめだった。

おとうさんもおかあさんもおねえちゃんも、がっかりしている。だけど、だれよりもがっかりしているのは、わたしなのだ。

夕ごはんが終わって、あとかたづけを手伝《てつだ》って、お風呂《ふろ》に入って、パジャマに着がえて、それから勉強部屋にこもった。

パソコンをつけて、「地球通信」をクリックする。

一日のうち、いちばん好きな瞬間《しゅんかん》だ。

海を渡る風さんから届《とど》いているはずの新しい音楽。そのファイルを開く、この瞬間。

あれっ？

喜びよりも驚《おどろ》きが、今夜は先にやってきた。

めずらしいな、と、思った。

どうしたんだろう。

今までにはなかったことが起こった。わたしの目の前で。

海を渡る風さんのメールに「文章」が書かれている。

「ことば」がぎっしりつまっている。

いつもなら、そこには何も書かれていない。ただ、音楽のファイルがついているだけ。

そういうメールが、海を渡る風さんらしくて、好きだった。彼《かれ》の「ことばは、音楽」なんだと、「音楽は、海を渡る風」なんだと、思ってきた。

音楽は、ことばとちがって、人を傷《きず》つけない、絶対《ぜったい》に。だから、わたしは海を渡る風さんが好きだった。わたしを決して傷《きず》つけない、彼《かれ》の音楽ということばが。メールを読むのに、少し時間がかかった。なぜならそのメールは長くて、そして、ひらがなだけでつづられていたから。

いちまいのこのはさんへ

きょうはきみにおしらせしたいことがあって、てがみをかくことにしました。おんがくだけではつたえることのできないおしらせがあります。ひらがなだけでよみにくいかもしれないけど、さいごまでよんでくれるとうれしいです。

ふゆのおわり、はるのはじめといったほうがいいのかな。にがつのなかばからおわりにかけて、ぼくはにほんへいくことになりました。りょうしんといっしょです。

そのとき、ぼくはとうきょうで、こんさーとをひらきます。からだのふじゆうなこどもたちのかようがっこうで、ぴあのをひきます。

だれでもききにくることができます。

いちまいのこのはさんにも、ぜひききにきてほしいのです。

ぼくはきみにあいたいとおもっています。

にほんへいこうときめたのも、きみにあいたいといううきもちがあるからです。

いままで、たくさんのしをおくってきてくれて、ありがとう。いちまいのこのはさんのかいたしによって、きみのことばによって、ぼくがどんなにはげまされ、ぼくがどんなにげんきになれたか、そのことにたいするおれいを、ぼくはきみにあって、ちょくせつ、いいたいのです。

こんさーとでは、きみのつくったいくつかのしを、かあさんにろうどくしてもらうつもりです。ぴあののとしのにじゅうそう。ぜひききにきてください。

おへんじをまっています。

ぼくのなまえは、おおさきかいとといいます。おおきなさき、うみをわたるとかいて、かいととよみます。いちまいのこのはさんのなまえも、つぎのめーるでおしえてください。


読みおえたとき、わたしのからだは、雪の嵐《あらし》に包まれていた。

びっくり、うれしい、どうしよう。驚《おどろ》きと喜び。とまどいと迷《まよ》い。不安とおそれと、なぜ不安なの？　なぜおそれているの？　という疑問《ぎもん》のうずまき。

名づけようのない気持ちがぐるぐるまわっている。

まわりながら、空から降《ふ》ってくる。

海を渡る風さんが日本に来る！　東京でコンサートを開く！

わたしたちは、会うことができる！

わたしがコンサートを聴《き》きに行けば、その会場で。

ものすごくうれしいはずなのに、どうしよう、どうしよう、こまった、と、わたしの心は嵐《あらし》にもみくちゃにされている。

なぜ、こまるの？　会いたい人に会えるのが、なぜこわいの？

なぜって、それは、わたしがことばをしゃべれないから。

会えば、そのことを海を渡る風さん――大崎海渡《おおさきかいと》さんに、知られてしまう。わたしがひとこともしゃべらないまま、だまっていたら、きっときらわれてしまう。

学校の友だちがわたしから去っていったように、彼《かれ》も去っていく。がっかりして、失望して、へんなやつだと思って。

そんなことになるくらいなら、会わないほうがいい。

会わないままでいれば、今までどおりでいられる。

いい友だちのままでいられる。

ひらがなでうずまった嵐のようなメールを、最初から最後までもう一度、読んでみた。ひらがなだけでつづられているのは、大崎《おおさき》さんのふだん使っていることばが、英語だからだろう。日本語を話すことはできても、漢字を書くことはできないんだなと思った。

十回、読んだあと、決心した。

会わないでおこう。

会うことは、できない。

このままでいたい。

会わないまま、音楽と詩だけを送りあって、心と心を通わせていたい。わたしたちは、地球のどこかとどこかにいる。宇宙《うちゅう》のなかで、心と心で通信しあっている。

そういうふたりでいたい。

12　海を渡る風

二月になった。

きょうは二月三日。

日本ではこの日を「節分」と呼んで、豆まきをするのだそうだ。

「福は内、鬼《おに》は外」

「幸福さんいらっしゃい、不幸はさようならね」

「ラッキーさん、ウェルカム、アンラッキーさん、バイバイ」

わが家でも豆まきをした。

ひよこ豆、レンズ豆、ピーナッツ、あずきなどを庭にばらまいた。

これで幸福がやってくるなら、かんたんなものだ。いちばん喜んでいるのは、森の小鳥たちだろう。

庭では雪どけが始まっている。

雪が解《と》けたあとの地面はあたたかく湿《しめ》って、まるでパンの生地《きじ》が発酵《はっこう》するみたいに、ふくらんだり、盛《も》りあがったりしている。盛りあがったところから、すいせんやクロッカスの芽が頭を突《つ》きだしている。

この芽にふれるとき、ぼくはいつも「ああ、今年も春が生まれる」と感じる。

春はやってくるものではなくて、毎年、新しく生まれるものなのだ。

ぼくの旅行かばんも、日ごとにふくらんでいく。

待ちどおしい日本旅行にむけて、ぼくらはちゃくちゃくと準備《じゅんび》を進めている。

父さんは飛行機のチケットを取り、母さんはホテルの予約をした。

コンサートのプログラムも、ほぼ完成させることができた。あとはひたすら練習をかさねるのみだ。

日本に住んでいるアメリカ人の友だちや、両親の親せきや、知りあいの人たちから、つぎつぎに電話やメールが届《とど》いた。みんな、再会《さいかい》を楽しみにしてくれている。

しかしぼくには、ひとつだけ、気になっていることがある。

ひとりだけ、返事の届かない人がいる。その人からの返事が、いちばん待ちどおしい。いちばん会いたい人からの、いちばんほしい返事だけが、届かない。人生とは、なかなか思いどおりにいかないものだなとつくづく思う。

このところ、メールボックスをあけるたびに、ぼくは頭をかかえている。

まだ、来ない。

きょうもまた、来なかった。

どうしてなんだ?

ぼくはもともと、自分のやったことを後悔《こうかい》したり、くよくよ悩《なや》んだりしないたちなのだが、今回だけはうじうじしている。

やっぱり、あんな手紙を送るべきではなかったのか。

ひらがなだけのぶしつけなメールを読んで、一枚の木の葉さんは、いやな気持ちになったのかもしれないな。いきなり「会いたい」なんて言われたら、ぼくだってとまどってしまう。

だけど、ほかに、どんな方法があっただろう。


今夜もまた、彼女《かのじょ》からの返事は届《とど》かなかった。

もちろん詩も、届いていない。あれからふっつり、連絡《れんらく》はとだえてしまっている。

ベッドに入って、暗闇《くらやみ》のなかで、見えない目をぱっちりと開いたまま、ぼくは考えた。

このままでいいのか。このまま、会えないまま、ふたりの「地球通信」が終わりになってしまってもいいのか。それとも、一枚の木の葉さんには何か、ぼくに返事のメールを送ることのできないわけでもあるのか。

そのわけは？

リンとおなじか？

そういうわけか？

考えても考えても、答えのわかるはずのないことを考えつづけた。

思いきって、電話をかけてみようか。手紙では伝わらないことでも、ぼくの「声」でなら、伝わるのかもしれない。そうだ、電話だ。電話があるじゃないか。電話すればいいんだ。日本は今、何時だ？

ガバッとベッドから起きあがって、それからまたドサッと、ベッドにたおれこんだ。

ばかなやつめ、と、自分を笑った。

なんて、まぬけな男なんだろう。一枚の木の葉さんの電話番号を、ぼくは知らない。電話なんて、かけられない。第一、彼女《かのじょ》の名前だって、知らないんだ。

あきらめるか？　いさぎよく、あきらめるか？

答えは「ノー」だと思った。思いながら、ベッドからぬけだした。

あきらめる前に、もう一度だけ、手紙を送ろうと思った。それでだめだったら、そのときにはあきらめよう。

パソコンの前にすわった。電源《でんげん》を入れ、しばらく待ってから、音声入力のスイッチを入れた。

ぼくの「声」は、彼女の耳には届《とど》かない。だけどこの声は「ひらがな」に変わって、彼女の目に届くはずだ。

そのことばの力に、すべてをゆだねてみようと思った。

いちまいのこのはさんへ

このあいだおくっためーるはとどいていますか。へんじがおそいのはなぜなんでしょう。きみがびょうきになっているのではないかと、ぼくはすこししんぱいしています。もしもげんきでいるなら、へんじをください。もうじき、にほんへいきます。まえにもかいたとおり、ぼくはにほんできみにあいたいとおもっています。もしもめーるをかくことができないのだったら、よかったら、でんわをください。いえ、ぼくからでんわをかけたいとおもいます。だから、つぎのめーるで、でんわばんごうをおしえてください。つごうのいいじかんも、おしえてください。

きみはきづいているかどうか、たぶんきづいているとおもうけど、ぼくはしりょくしょうがいしゃです。めーるがひらがなだけになっているのはそのせいです。

ぼくのめは、うまれたときからみえません。ちいさいたろうのかかえているかなしみは、ぼくのかなしみなのです。そのかなしみは、ないたって、どうしたって、けすことはできない。でもそのかなしみは、いちまいのこのはさんのしをよむと、そのたびにすこしずつ、ちいさくなっていくのです。そして、かなしみをせおっているけれど、ぼくはふこうではないし、ぼくはじゆうです。なぜならぼくは、かぜだからです。かぜはいつでもどこへでも、とんでいける。かぜはだれのめにもみえない。みえないから、じゆうなのです。どこへでもじゆうにとんでいって、このはをゆらしたり、このはにささやきかけたり、このはといっしょに、だんすをすることができる。ときにはあらしだって、おこしてしまえる。

ぼくはきみのこえがききたい。ぼくにとって、こえとは、ことばです。こえとは、おんがくなのです。あうことができないなら、いちどでいい、きみのこえをきかせてください。

それだけが、ぼくのちいさなねがいです。

おおさきかいと

そして、新しい春の予感

13　一枚の木の葉

「ぼくはきみにあいたいとおもっています」――

「きみのこえをきかせてください」――

ひらがなだけで書かれた二通のメールをもらってから、二週間以上が過《す》ぎようとしている。

そのあとに届いた三通目のメールには、コンサートの案内状《あんないじょう》が添付《てんぷ》されていた。大崎《おおさき》さんの電話番号と、東京で泊《と》まっているホテルの名前と電話番号も書かれていた。

コンサートは、今からちょうど一週間後の土曜日、午後二時から。

コンサート会場になっている学校の場所も、行き方も、わかっている。その駅でおりたことはないけれど、いつも通りすぎている。わたしの住んでいる町から、電車に乗って三十分ほどで行ける。

そして、きょうの夕方、大崎《おおさき》さんとご両親を乗せた飛行機は、成田空港に到着《とうちゃく》する。

今までずっと、地球の反対側に住んでいた人が、わたしの住んでいる国までやってくる。今までずっと、「いつか会いたい」と思っていた人が、電車に乗って会いに行ける町までやってくる。

それなのに、わたしは大崎さんに返事を書けないままでいる。

書きたい、伝えたい、思いは胸《むね》にあふれているのに、ことばにできない。

この二週間のあいだ、何度、メールを読みかえしたことだろう。

何度、返事のメールを書きかけたことだろう。

でも、どうしても、最後まで書けなかった。

その理由は、たくさんあるような気もしたし、ひとつしかないような気もした。

たったひとつの理由とは――

それは、わたしが卑怯者《ひきょうもの》だからだ。

おくびょうで、弱虫で、正直じゃないからだ。

大崎《おおさき》さんの目が見えないことを知った日、わたしはすごく驚《おどろ》いた。頭の上から、空がドスンと落ちてきたようだった。

見えないって、どういうことなんだろう。

目をぎゅっと閉じたまま、部屋のなかを歩いてみた。五分、いや、三分もたたないうちに、目をあけてしまった。

そうだったのか、あの人はこんな世界で生きてきたのか。

心細くて、心もとなくて、こんなにも不安な世界で。

それなのに、あんなにも明るく、あんなにも前むきに、わたしをなぐさめ、はげましてくれようとした。

そう思うと、いてもたってもいられないような気持ちになって、今すぐにでも受話器を取りあげて、電話をかけたくなった。

かけたって、何も言えないとわかっていても。

悶々《もんもん》とした気持ちのまま、「小さい太郎の悲しみ」を読みかえしてみた。暗記までしていたというのに、あの最後に出てくる文章の意味を、わたしはこれまでまったく理解《りかい》できていなかったのだと気づいた。

最後の章、第五章で、小さい太郎の胸《むね》に悲しみが広がったのは、おなかが痛《いた》くて遊べない友だちや、海のむこうの村に引っこしていった友だちとちがって、安雄《やすお》さんという年上の友だちが「大人の世界」に行ってしまったからだった。まだ「子どもの世界」にいる太郎とはべつの世界に行ってしまった——それが、小さい太郎の悲しみの正体だったのだ。

つまり大崎《おおさき》さんは「見えない世界」にいる。見える人とは、別の世界に。そのことこそが彼《かれ》にとって「泣くことのできない、泣いたって、どうしたって、消すことのできない悲しみ」だったのだ。

そんなことも知らないで、気づくこともできないで――

大崎さんの背負《せお》っている悲しみの大きさを想像《そうぞう》すると、わたしの悩《なや》みなんて、かたつむりよりも小さな、そのへんにごろごろころがっている、つまらない石ころみたいなもののように思えた。

恥《は》ずかしかった。今まで送った詩を全部、消去してしまいたいほど、恥ずかしかった。

わたしには、大崎さんに会いに行く資格《しかく》なんて、ない。

わたしは目が見えるのに、なんにも見えていなかった。見ようともしなかった。

いつだって、自分のことばかり考えてきた。自分がしゃべれなくなったのは、まわりの人たちのせいだと決めつけてきた。まわりの人たちがわたしのことを、理解《りかい》してくれないからだと思ってきた。

そんなわたしを、大崎《おおさき》さんに「見られる」のが、わたしはこわかった。

今もこわい。

きょうこそ返事を書こうと思って、明るすぎるパソコンの画面を見つめている、この瞬間《しゅんかん》も。

もう一度、ひらがなのメールを読みかえしてみた。

何度、読みかえしても、そのたびに、胸《むね》が痛《いた》くなる。

大崎さんが正直に、わたしに自分を見せてくれているのに、わたしにはそれができない。

だから、わたしは卑怯者《ひきょうもの》なのだ。

このまま、卑怯者のままでいていいの？

このまま、別れてしまっていいの?

「うみをわたるかぜと、いちまいのこのはは、けっきょく、あうこともできず、たがいのすがたをみることもできず、こえもかけあえないまま、とおく、とおく、うちゅうのかなたとかなたに、わかれわかれになってしまったのでした。おわり」

そんなさびしい物語になってしまって、いいの?

今まで送りあってきた詩と音楽が、宇宙《うちゅう》のブラックホールにすいこまれたまま、消えてしまってもいいの?

あなたは、海を渡る風さんに、会いたくないの?

——あいたい。

声が聞こえた。

自分の声だったのか、だれかの声だったのか、わからないけれど、たしかに聞こえた。

はっとして、思わず右手を喉《のど》に当てていた。

今の声は、ここから出たものなのだろうか。

わたしの出した声？

これがわたしの声？

「かたつむりが殻《から》に閉《と》じこもっている状態《じょうたい》ですね。本人に『外に出たい』『話したい』という強い欲求《よっきゅう》さえあれば、話せるようになります。葉香《ようか》さんに必要なのは、その動機だけです。でもそれは、外から与《あた》えられる動機ではなくて、内側から発生するものでなくてはならないのだと思います。いくら外から突《つ》ついても、かたつむりが外に出たいと思わないかぎり、出てこないのといっしょです」

いつだったか、カウンセリングの先生がおかあさんにむかって、そんなことを言っていたのを思い出した。

そのときには「欲求《よっきゅう》」も「動機」も、わたしにはないと思っていたし、そもそもそんなことばは、自分には関係ないと思っていた。

今はそうは思わない。

わたしには「よっきゅう」と「どうき」がある。

そしてそれは、とても強い。

返事を書こうと思った。最後まで書いて、送ろう。わたしの「声」を、届《とど》けたい

返事を、あの人に届けよう。

今ならまだ、まにあう。

14　海を渡る風

間奏《かんそう》

いつもだれかを待っていた
公園のベンチに腰《こし》かけると
そう思う
海を　ひとりで見たことは
なかった
風に　ひとりで吹《ふ》かれたことは

なかった

たとえ目の前に海がひろがっていて
潮風《しおかぜ》が通りすぎていっても
わたしはそれを　ひとりで
決して楽しんだりしなかった
打ちよせる波の音
それは会いたい人が来るまでの
短く　美しい間奏《かんそう》

でも
わたしは楽しまなかった

ひとりでは決して
いつも　そうだった

いつもだれかを待っていた
バス停に立っていると
そう思う
青い空を見ると
そう思う

ぼくたち三人を乗せた飛行機の前の車輪が、ちょうど成田空港の滑走路《かっそうろ》にふれた瞬間《しゅんかん》に届《とど》いたと思われる、一枚の木の葉さんのこの詩を、ぼくは急きょ、コンサートのプログラムに加えることにした。

第一部が終わったあと、休憩時間《きゅうけいじかん》をはさんで、第二部の始まる前にするか。それとも、第一部の最後にするか。

朗読者《ろうどくしゃ》をつとめてくれる母さんに相談すると、彼女はこう言った。

「間奏《かんそう》というのは普通《ふつう》、ひとつの曲のとちゅうに、さしはさむ演奏《えんそう》のことを指していうのよね。たとえばある曲のとちゅうで、伴奏《ばんそう》の楽器だけが演奏するパートがあるでしょ」

「なるほど、それなら、第二部のどこかに入れるのがいいのかな。ドビュッシーの五曲のどこかのあいだに。そうだ、最初の二曲が終わったあと、ピアノはなしにして、この詩だけを母さんに読んでもらうのはどうかな?」

「そうね。グッドアイディアだと思うわ。間奏、イコール、この詩ってことね」

考えに考えぬいて、ぼくのつくったプログラムは、こんな内容《ないよう》だ。

第一部　大崎海渡《おおさきかいと》のフェイバリット（得意で好きな曲）

ベートーヴェンのソナタ『月光』

ショパンの前奏曲集《ぜんそうきょくしゅう》より『雨だれ』

リストの『ラ・カンパネラ』

インターミッション

第二部　ドビュッシー（前奏曲集第一巻より）を一枚の木の葉さんの詩とともに

『野を渡《わた》る風』――さびしさはどこから

『音とかおりは夕暮《ゆうぐ》れの大気に漂《ただよ》う』――宇宙《うちゅう》のなかで

『雪の上の足跡《あしあと》』――思い出のかけら

『西風のみたもの』――露《つゆ》のたまのやさしさ

『亜麻色《あまいろ》の髪《かみ》の乙女《おとめ》』――あしたのつぼみ

『野を渡《わた》る風』と『音とかおりは夕暮《ゆうぐ》れの大気に漂《ただよ》う』のあとに、つまり「さびしさはどこから」と「宇宙《うちゅう》のなかで」の詩のあとに、ピアノの演奏《えんそう》はなしで、「間奏」の朗読《ろうどく》が入る。

その詩の最後の一連が始まったときから、ぼくが『雪の上の足跡《あしあと》』を弾《ひ》きはじめる。

「うん、これはベリーグッドアイディアだ、パーフェクトだね！」

コンサートの日がやってきた。

いったいどれくらいの人が聴《き》きに来てくれるのか、どきどきしながら、ぼくはきょうという日をむかえた。

開場は午後一時だったはずなのに、

「カイト、もう、満席になっているそうだよ」

控《ひか》え室《しつ》にいるぼくに、父さんが報告《ほうこく》に来てくれたのは、一時よりも前だった。

十二時すぎから人がどんどん集まりはじめたので、開場を三十分ほど早めたそうだ。あっというまに満席になったので、学校の人たちは大あわてで、おりたたみのいすを運んできて、今は廊下《ろうか》にも席をつくっているところだという。

二百人くらいの人が入れる会場だと聞いていた。いすが置かれているのは、会場のうしろのほうの半分ほどで、前の半分は、車椅子《くるまいす》の子どもたちのスペース。

一枚の木の葉さんは、星野葉香《ほしのようか》さんは、うしろ半分の席のどこかに、すでにすわってくれているのだろうか。

「間奏《かんそう》」という詩にそえられていた短いメールを——旅行用のラップトップでは音声に変換《へんかん》できないので——母さんにたのんで、読んでもらった。彼女《かのじょ》から、はじめてもらった手紙だ。

「大崎海渡《おおさきかいと》さんへ　お返事がおそくなってしまって、ごめんなさい。きょうまでずっと、迷《まよ》っていました。あなたに会う自信がなくて、自分に自信がまったくなくて、それですぐに返事をすることができませんでした。おくびょうで卑怯者《ひきょうもの》のわたしをゆるしてください。わたしには、電話することはできないけれど、コンサートはかならず聴《き》きに行きます。楽しみにしています。がんばってください。わたしの名前は、星野葉香《ほしのようか》といいます。星の野原に、葉っぱの葉の香《かお》りと書きます。『間奏《かんそう》』という詩を受けとってください。今までずっと、わたしのへたな詩を読んでくれて、ありがとう。朗読《ろうどく》してくださるおかあさんに、くれぐれもよろしくお伝えください。星野葉香より」

第一部が始まった。
始まったのではなくて、ぼくが始めたのだ。
すみからすみまでぼくのからだのなかに入っている『月光』を、指先から鍵盤《けんばん》に流しこむようにして、弾《ひ》く。しずかに、はげしく弾く。ぼくの情熱《じょうねつ》を、ピアノに注ぎこむようにして。

すると、ピアノは応《こた》えてくれる。

ぼくの情熱の百倍くらいの情熱で、ピアノはピアノのつくりたい音をつくりあげていく。

会場の空気が少しずつ、ふくらんでくるのがわかる。

そう、ふくらんでくるのだ。熱によって。ひとりひとりのからだから発せられる熱気が、会場全体を、巨大《きょだい》な熱気球みたいにふくらませてゆく。

一曲、一曲を、子どもたちのために、集まってくれた人たちのために、そして、たったひとりの人のために弾いた。

いつのまにか、ぼくと音楽と会場にいる人たちのあいだには、わずかなすきまさえない状態《じょうたい》になっていた。ぼくをふくめてみんなが、音楽とひとつに溶《と》けあっているのを感じた。

第一部が終わった。

インターミッションのとき、ぼくは控《ひか》え室《しつ》にいて、何人かの親しい友だちに囲まれていた。みんなは「よかった」「感動した」「かっこよかった」と言ってくれた。でも、ぼくの心は、ここにあらずだった。耳を猫《ねこ》みたいにピーンと立てて、控え室のドアがノックされる音を聞きとろうとしていた。

星野葉香《ほしのようか》さんがぼくに会いに来てくれるのを、待っていた。

「こんにちは」「はじめまして」――どんな声が、ぼくの耳に聞こえてくるのだろう。ハープみたいな声か。フルートみたいな声か。バイオリンか、コントラバスか。クラリネットかもしれないな。いや、ピッコロか。

しかし、ノックはされなかった。葉香さんは、一枚の木の葉さんは、すがたをあらわさなかった。胸《むね》に黒雲が広がった。雨雲だ。春の嵐《あらし》だ。

第二部が始まった。

ぼくのピアノと母さんの朗読《ろうどく》――葉香《ようか》さんの書いた詩――が第二部のとびらを開いた。「さびしさはどこから」――

カイト、どうしたの？　いつもと感じがちがうよ？　だいじょうぶ？

ドビュッシーの四曲目のまんなかあたりで、母さんからぼくに伝染《でんせん》してくる不穏《ふおん》な波動を感じた。母さんの声に「疑問《ぎもん》」が宿っている。それらは、ぼくの胸《むね》に宿った疑問だったのかもしれない。

一枚の木の葉さんは、来てくれなかった？

気が変わったのか？

彼女《かのじょ》はこの会場にはいない？

あの手紙はなんだったんだ？

ぼくは木の葉に見すてられたあわれな風で、ひとりで勝手にダンスを踊《おど》っているピエロに過《す》ぎない。そんな気がしてしまった。

心を音楽に集中させて、無心で弾《ひ》こうとすればするほど、気持ちがみだれて、詩と音楽が離《はな》れていく。ばらばらになっていく。いけない、こんなことじゃいけない。こんなはずではなかった。

しっかりしろ、海渡《かいと》。おまえは、ピアニストだろ。

ドビュッシーの最後の曲を弾きはじめて、母さんが「あしたのつぼみ」を読みはじめたころ、ぼくはやっと、かろうじて、いつものぼくにもどることができた。

会いに来てもらえなくても、聴《き》きに来てもらえなくても、いい。

ぼくたちはすでに会えたんだし、この広い宇宙《うちゅう》のなかで、一度でもいい、会えた人とは一生、別れることはないんだ。ぼくが忘《わす》れないかぎり、一枚の木の葉さんは、ぼくの心のなかに住んでいる。つぼみは開く。きょうもあしたも。

葉香《ようか》さんは、ここにいる――。

最後まで弾《ひ》きおえて、ぼくと母さんが舞台《ぶたい》から去っていっても、拍手《はくしゅ》は鳴りやまなかった。それどころか、アンコールを求めて、大きくなるばかりだ。このままでは会場が破裂《はれつ》してしまう。

アンコールの曲は何曲か、準備《じゅんび》してあった。

ショパンの『別れの曲』か、モーツァルトのソナタ第十一番第三楽章『トルコ行進曲』か、シューマンの『トロイメライ』か。

「どれにしようかな」

「そうねえ、『別れの曲』がいいかもしれないわね。やさしい感じだし、別れてもきっとまた会えますよねって、そんな気持ちをこめて弾けば……」

「決めた！」

母さんのことばをさえぎるようにして、ぼくは顔を上げた。

アンコールを弾《ひ》くとしたら、あの曲しかないと思った。

「アンコールは、ぼくのオリジナルで行く！」

「詩はどうする？　原稿《げんこう》は用意してあるの？」

用意してない。詩の原稿は、手もとにはない。

でも、どうすればいいのか、ぼくにはわかっている。

「母さんは出ていかなくていいよ。ぼくひとりで行くから」

「ピアノだけでいいのね？」

「うん、まあね」

「まあねって、どういう意味？」

「ドント・ウォーリー、ビー・ハッピーって意味」

心配しないで、幸せになりなさい。

きょとんとしている母さんにウィンクを送って、ぼくはひとりでさっそうと、ピアノのそばまでもどった。

母さんに背中《せなか》をポンとたたかれたら、そこからまっすぐに歩いて、十五歩。見えなくても、ピアノまで、難《なん》なくたどりつける。

だって、ぼくはピアニストなんだから。「魔法《まほう》のピアノ使い」なんだから。

ピアノの前にすわると、会場にいる人たちにむかって言った。それまで母さんがすわっていた椅子《いす》に、話しかけているようでもあった。

「今から、ぼくの作曲した曲を弾《ひ》きます。タイトルは『明るい駅』といいます。これは、第二部の詩をつくってくれた、東京に住んでいる中学生の星野葉香《ほしのようか》さんが、あるとき、ぼくに送ってくれた詩に、ぼくが曲をつけたものです。ぼくたちはいつも、音楽と詩を送りあってきました。アメリカと日本を行きかう、地球通信と名づけていました。この会場のなかに、もしも星野さんがおられたら、ここに来て、ぼくのそばで、あなたのつくった詩を読んで聞かせてくれませんか？　『明るい駅』です。もちろん、覚えているでしょう？　だって、きみがつくったんだから。ぼくのために、書いてくれたんだから」

一気にそう言うと、ぼくは「明るい駅」を弾《ひ》きはじめた。

軽快《けいかい》に自由に、ときどき即興《そっきょう》をまじえて、「楽しいこと、しようよ」って誘《さそ》うようにして、ぼくは弾いた。

笑いながら、肩《かた》をゆらしながら、つま先でリズムをきざみながら。

さあ、ここに来て。

ぼくのそばまで飛んできて、ダンスを踊《おど》って、一枚の木の葉さん。

ぼくは弾きつづけた。

やさしく、情熱的《じょうねつてき》に、木の葉を舞《ま》いあがらせる一陣《いちじん》の風になって。

やがて、会場のどこかですっと立ちあがる人の気配がして、通路を歩いてくる足

音がリズムをきざんで、それがしだいに大きくなってきて、ぼくのそばにすわって
詩を読みはじめる——凜《りん》とした、バイオリンみたいな声が聞こえてくると信じて。

もしも信じることに
不安を感じたりするような
そんなことがあったなら
そんなときは小さな電車の
いちばん前に乗ってください
そう　運転手さんの
ななめうしろあたりに立ってください
すると目の前に
線路が見えるでしょう

線路と土手のあいだには
黄色いたんぽぽが顔をのぞかせていて
おどろかされたりするかもしれない

そのうち見えてくるでしょう
駅が――
先頭に立っているとね
つぎの駅が見えるのです
線路はカーブをえがきながら
小さな電車は少しゆれながら
駅へとむかっていく
おだやかな確実《かくじつ》さで

やさしい忠実《ちゅうじつ》な駅へ

不安を感じたときは
駅をおもいだしてほしいのです
夜の電車に乗ればなおいい
暗い闇《やみ》のなかで
電車を待ちつづける駅の
明るさが心にしみるでしょうから

著者
小手鞠るい　Rui Kodemari
一九五六年岡山県生まれ。一九九三年『おとぎ話』で海燕新人文学賞を受賞。二〇〇五年『欲しいのは、あなただけ』（新潮文庫）で島清恋愛文学賞、原作を手がけた絵本『ルウとリンデン　旅とおるすばん』（講談社）でボローニャ国際児童図書賞（09年）を受賞。一九九二年に渡米、ニューヨーク州ウッドストック在住。主な作品に、『エンキョリレンアイ』『望月青果店』『思春期』『アップルソング』『優しいライオン　やなせたかし先生からの贈り物』など。

本作は書き下ろしです。作中に出てくる新美南吉の童話はすべて『新美南吉童話集』（角川春樹事務所刊、ハルキ文庫）から引用させていただきました。また作中の詩は著者の創作物です。原詩は川滝かおり詩集『愛する人にうたいたい』『だけどなんにも言えなくて』『夕暮れ書店』（すべてサンリオ刊）に所収。

きみの声を聞かせて

発行　二〇一六年一〇月　一刷
　　　二〇二四年一〇月　三刷

著者　小手鞠るい

発行者　今村雄二

発行所　偕成社
〒一六二－八四五〇　東京都新宿区市谷砂土原町三－五
電話〇三－三二六〇－三二二一（販売部）
　　〇三－三二六〇－三二二九（編集部）
https://www.kaiseisha.co.jp/

印刷　三美印刷株式会社

製本　株式会社　常川製本

NDC913 190p. 20cm ISBN978-4-03-643160-1

乱丁本・落丁本はおとりかえいたします。
本のご注文は電話・ファックスまたはEメールでお受けしています。
Tel : 03-3260-3221 Fax : 03-3260-3222
e-mail : sales@kaiseisha.co.jp